KiWi
PAPERBACK
1117

Das Buch

Mian Mian war eine der ersten Schriftstellerinnen, die über die unbekannte Seite Chinas schrieben: über eine Jugend, die im Nachtleben ihr Glück sucht. Als »Königin der Subkultur« und »Chinas begabteste Jungautorin« feierte sie »Der Spiegel«. »Panda Sex« erzählt von einer Gruppe von Leuten um das Schwesternpaar Mei Mei und Jie Jie. Zwei Tage und Nächte lang durchstreifen sie die Shanghaier Party- und Clubszene und philosophieren dabei über die Liebe, Beziehungen, Geschlechterrollen und Sex. Mit flirrender Leichtigkeit und Melancholie entwirft Mian Mian das Bild einer Generation, die sich nach Liebe sehnt, aber das Risiko einer Beziehung fürchtet.

Die Autorin

Mian Mian, geboren 1970, bürgerlich Sheng Wang, lebt und arbeitet in Shanghai. 1997 erschien ihr erstes Buch »La la la«, das ebenso wie ihr Roman »Candy« von den chinesischen Behörden zensiert wurde und in zahlreichen Raubkopien kursierte. Ihre Bücher wurden in sieben Sprachen übersetzt und international gefeiert. 2002 wurde die Zensur gegen Mian Mians Bücher aufgehoben. Nicht nur als Schriftstellerin, auch als DJ und bekannte Partyveranstalterin ist Mian Mian eine Schlüsselfigur der Nacht- und Clubszene Shanghais.

Der Übersetzer

Martin Woesler, geboren 1969, Sinologe, nach Studium, Forschung und Lehre an der Peking- und Harvard-Universität derzeit Professor an der Hochschule für Angewandte Sprachen München. Übersetzte u.a. den 250 Jahre alten klassischen chinesischen Roman »Der Traum der Roten Kammer«. Mit Mian Mian hat er die Orte aus dem Roman »Panda Sex« besucht.
Die Übersetzung wurde unter Mitarbeit von Lihua Ji angefertigt.

Weitere Bücher bei Kiepenheuer & Witsch

»La la la«, 2000, KiWi 733; »Deine Nacht, mein Tag«, KiWi 838, 2004.

Aus dem
Chinesischen von
Martin Woesler

MIAN MIAN

PANDA SEX

ROMAN

Kiepenheuer & Witsch

1. Auflage 2009

Titel der Originalausgabe: *Panda Sex*.

Aus dem Chinesischen von Martin Woesler, unter Mitarbeit von Lihua Ji

Umschlaggestaltung: Barbara Thoben, Köln
Umschlagmotiv: © David A. Warren
Gesetzt aus der Joanna
Satz: Pinkuin Satz und Datentechnik, Berlin
Druck und Bindearbeiten: CPI – Clausen & Bosse, Leck
ISBN 978-3-462-04147-7

Allen »besonderen« Touristen gewidmet

ERSTER TEIL

Nach Little Beetles Beerdigung

1

Freitagabend, nach 9 Uhr, in Baos Haus auf der Anfu-Straße.

Bao hat Geburtstag, eine Schickimickifeier.
Hier ist eine bunte Mischung versammelt, alle möglichen Menschen, alle möglichen Sprachen, es wird gemurmelt und getuschelt.
Die Parfümeurin K knipst ohne Unterlass. Sie kommt gerade von einer Beerdigung.

Bao kommt herüber und umarmt K.
K hebt den Kopf, sie hat ein verrunzeltes Engelsgesicht.
Vor Kurzem hat sie das Parfüm »China Underground« kreiert.

K zeigt Bao die Bilder, die sie gerade geschossen hat.
K: Jedes Jahr auf deiner Geburtstagsparty tauchen ein paar derselben Gesichter auf. Die setzen alle furchtbare Unschuldsmienen auf!

Nicht weit entfernt unterhält sich gerade eine große, schlanke junge Frau auf Englisch.
Über sie kursieren allerlei Gerüchte.

Da sie mehrere Kunstprojekte unterstützt, wollen wir sie hier die »Sponsorin« nennen.

Die Sponsorin: Wir waren gerade in Miami, deshalb bin ich so braun gebrannt. Wissen Sie, was einem in Schanghai fehlt? Das Meer. Mir geht es nur gut, wenn ich mich an den Strand setzen kann, bei blauem Himmel, mit einem guten Freund an meiner Seite, der ein Buch liest. Dort sonne ich mich dann, träume vor mich hin, denke an gar nichts. Ausspannen, ich muss ausspannen.

12

In einem anderen Raum.
Ein Mann und ein Mädchen, sitzend. Durch die zimmerhohen Fenster blickt man auf den dunklen Garten.
Sie sitzen vor einem kleinen Fernsehapparat.

Das Mädchen ist die Prinzessin der Schanghaier Underground-Filmszene.
Sie schaut auf den Fernseher, ihre Augen glänzen sensibel und zärtlich.
Wir wollen sie hier ABC nennen.

Manche Männer bewahren auch im Alter etwas Jungenhaftes in ihrem Blick und Erscheinungsbild. Bei dem Mann, der neben dem Mädchen sitzt, gibt es, wenn er dir so zuhört, Momente, in denen seine Augen feucht glänzen, gerade so, als wäre der Wind hineingefahren.
Einst verkörperte er perfekt die Vergänglichkeit.
Anfang zwanzig war er ein Idol, ein Dichter, ein Sänger.
Der Klang seiner Violine und seiner Gitarre erinnerte an das letzte Sternenlicht vor der Morgendämmerung.

Als er dann seinen eigenen Undergroundfilm schrieb, bei dem er außerdem mitspielte und Regie führte, wurde er über Nacht ein gefeierter Star.
Für einige waren sein Gesicht und sein Körper das Objekt feuchter Träume in der Dämmerung.
Er ist ein Weltenbummler in verschiedenen Zeiträumen und hofft deshalb, die Farbabstufungen zwischen Himmel und Hölle klar erkennen zu können.

Er gibt zu, dass er das Schauspielen genießt.
Wenn er spielt, versucht er immer, den Eindruck zu erwecken, völlig authentisch zu sein: Er spielt keine Rolle, sondern ist wirklich die Figur.
Wir wollen ihn hier den Schauspieler nennen.

Das Fernsehgerät, das vor ihnen steht, ist ein Geschenk von ABC an den Schauspieler.

Auf dem Bildschirm ist ein Sprecher zu sehen, der gerade die Nachrichten liest.

ABC: Das sieht aus wie ein Fernseher. Er empfängt auch genau die gleichen Programme wie ein gewöhnlicher Fernseher. Aber du kannst mit ihm den Inhalt verändern, und sogar den Gefühlsausdruck der Schauspieler. Du musst nur ein bisschen Zeit investieren, das ist alles. Mit dem Keyboard hier kannst du auch selbst gedrehte Filme ins Fernsehen bringen. Du kannst zum Beispiel den Nachrichtensprecher hier von dir selbst geschriebene Nachrichten lesen lassen. Aber das Ganze ist natürlich nur für dich, du kannst die von dir veränderten Sendungen nicht der Öffentlichkeit zugänglich machen.

Der Schauspieler spielt unaufhörlich mit dem Keyboard herum und ist von dem Apparat begeistert.

Schauspieler: Die Sendungen für sich selbst zu verändern, was für eine geniale Sache!
Schauspieler: Ich will einen kleinen Film für diesen Fernseher drehen!

Der Schauspieler schaltet eine mitgebrachte Kamera ein und überspielt seine Aufnahmen vom Nachmittag auf den Apparat.

Auf dem Bildschirm sind einige schwarz gekleidete junge Leute zu sehen.
Sie stehen dort, eine Reihe hinter der anderen, und schauen in die Ferne.
Sie starren alle mit ernster Miene auf denselben Punkt.

Es ist eine Beerdigung, die der Schauspieler heute gefilmt hat.
Zwei Schwestern haben die Beerdigung ausgerichtet.
Die jüngere Schwester Mei Mei ist seine Freundin.
Der plötzlich verstorbene junge Mann heißt Xiao Chong, »Little Beetle«, er ist mit ihnen aufgewachsen, er war auch ein guter Freund des Schauspielers.

Das Kameraauge schwenkt auf die größere Schwester Jie Jie.
Jie Jie trägt eine kleine schwarze Kamelienblüte auf der Brust.
Die Luft vor ihren Augen scheint zu flimmern.
Sie ist auf natürliche Art gefasst.
Auch sie war einmal eine Schauspielerin.

Vor ein paar Jahren hat sie eine Musikproduktionsfirma gegründet.

Gleichzeitig führt sie vertretungsweise eine Mietwagenfirma.
Diese beiden Geschäfte bilden eine gemeinsame Marke: »Chinese Notorious«.

Die Mietwagenfirma ist etwas Besonderes, es gibt ein paar Jeeps und Sportwagen, und die Firma beschäftigt eine Gruppe junger Chauffeure.
Sie vermietet die Autos nur an Gruppen nicht unter drei Personen, nie an Einzelpersonen.
Jedes der Autos im Konvoi darf, so lautet die Bestimmung, nur einen Passagier haben.
In den Wagen gibt es Gegensprech-Funkanlagen.
Die Fahrzeuge kann man nur zusammen mit Fahrer mieten.

Auf der heutigen Beerdigung sind auch viele der Chauffeure.

Das Objektiv schwenkt von Jie Jie auf Mei Mei.
Wie bei einem Kind ist ihr Gemütszustand unmittelbar und unverfälscht von ihrem Gesicht abzulesen.

Da passiert etwas Interessantes!
Der alte Tan, Besitzer des Bon Bon-Clubs, der auch an der Beerdigung teilnimmt, kommt durch die Menge auf Jie Jie zu und sagt ihr ein paar Worte.

Der Schauspieler spielt die Szene noch einmal ab.

ABC: Was sagen sie?
Schauspieler: Schau hier rechts, der alte Tan!

Er lässt die Szene noch einmal laufen.
Neben dem alten Tan kommt ein westlicher Ausländer ins Bild.
Das Objektiv schwenkt auf Jie Jie. Diese scheint, während sie dem alten Tan zuhört, den Ausländer zu beobachten.
Das Objektiv schwenkt wieder auf den Ausländer. Während er läuft, starrt er sie unentwegt an.

Die beiden nicken sich unmerklich zu, man hat den Eindruck, als ob der Wind mit ihren Haaren spiele.

Schauspieler: Sie haben sich gefunden!
Schauspieler: Wenn ich nicht zu dir gekommen wäre, hätte ich sicher noch etwas anderes filmen können.
Schauspieler: Er ist ein Fremder. Es scheint so, als ob ihn niemand kennt.

Die letzte Einstellung des Films: Mei Mei schaut zusammen mit einer Reihe junger Männer in dieselbe Richtung.

Von Mei Mei weiß man vor allem, dass sie oft in einer Galerie in der Mogan-Bergstr. 50 ein Glücksspiel organisiert. Bei ihren Glücksspielen sind nur Schanghaier Mädchen zugelassen.

ABC starrt auf den Bildschirm.
Sie glaubt immer noch nicht, dass es sich um eine Beerdigung handelt.

Der Schauspieler zieht ABC aus dem Zimmer, sie wollen zur Brücke Nr. 8, um Mumas Aufführung anzuschauen.

Bao hält den Schauspieler und ABC zurück.
Er will die Sponsorin dem Schauspieler vorstellen, weil die Sponsorin heute Abend bei Mei Mei spielen will.

Schauspieler: Ich kenne sie.
Schauspieler: Schanghai ist wirklich ein Dorf.

Er hat die Sponsorin vor drei Jahren kennengelernt.
Damals war der Schauspieler nur ein Tourist in Schanghai, der versuchte, sich nach der Trennung von seiner Freundin wieder mit ihr auszusöhnen.
Mei Mei und er hatten sich mit 19 gefunden und mehrfach wieder getrennt.

Die Sponsorin war damals noch keine Sponsorin.
Sie war eine Opfergabe. Es war eine lange Woche damals, täglich sah sie sich mindestens einer Kamera gegenüber, manchmal dreien oder vieren.
Sie dachte jeden Tag, dass sie sehr hässlich sei und lebte ihre Launen aus.
Jeden Tag nach dem Aufwachen war sie traurig und depressiv. Das ging so weit, dass sie sich ausmalte, einen Auftragskiller zu engagieren, der sie umbringen sollte.
Als sie am verzweifeltsten war, erhielt sie einen Anruf und traf einen jungen Mann.
Er trug ein blaues Hemd.

An jenem Abend gingen sie auf die Party von YY, danach ins Baby Face und dann ins DKD.
Das war jetzt drei Jahre her.
An jenem Abend hatte sie überhaupt nicht daran gedacht, mit ihm ins Bett zu gehen.
Sie waren betrunken. Sie fand ihn kein bisschen sexy.

Sie hatten sich auch noch nicht so intensiv unterhalten, dass Gefühle aufgekommen wären, aber sie waren trotzdem ausgelassen.

Am Ende war sie in ihrem Bett aufgewacht.
Damals waren alle ihre Heizungen kaputt.
Sie wandte den Kopf zu ihm, er küsste sie. Er küsste sie, als wäre er seit Jahren ihr Partner.

Sie fand, er küsste sie zu natürlich, sein Atem war zu warm, taute alle Möglichkeiten auf.

Danach konnte sie sich an den Kuss keines anderen Mannes mehr erinnern.

Als er sie küsste, fragte sie ihn nach seinem Namen.
Mit ruhiger Stimme nannte er ihn.

Er sagte, dass er in sein Hotel zurückkehren wolle, um etwas zu essen.
Sie gingen gemeinsam dorthin.
Er bestellte eine Schale Reis und einen Hamburger.
Sie lachte die ganze Zeit über seine komischen Essgewohnheiten.
Er sagte, der Reis wäre gut für seinen Magen.
Sie schienen ein bisschen wie ein Liebespaar, das sich lange nicht gesehen hat. Unaufhörlich gaben sie sich zärtliche Küsse, als ob es auf der ganzen Welt sonst niemanden mehr gäbe. Die Verlockungen des Nachtlebens hatten für sie ihren Reiz verloren. Im Dunkel und in der Stille gab es nur sie beide. Sie schienen die ganze Zeit miteinander zu schlafen, zu schlafen und dabei gleichzeitig ihre Liebe zu fühlen. Ihre Körper und das Laken waren schweißdurchtränkt. Jedes Mal, wenn sie gemeinsam zum Orgasmus kamen,

bat er sie, ihn an ihre Brust zu nehmen. Es schien, als ob er alles von ihr sehen würde, Äußeres und Innerstes, als ob auch sie dabei seine Gefühle ganz wahrnehmen könnte.
Er sagte: Wir sind gleich, mach mir nichts vor!
Diese Bemerkung bestürzte sie, und sie würde sie nie vergessen.
Das ist das Problem mit Schanghaier Mädchen, sie wollen im Bett immer perfekt erscheinen. Sie sind nie wirklich cool und entspannt.

Er veränderte sie zu einem Mädchen, das seine Liebe in
der Sexualität auslebte.
Und sie schien niemals zuvor in einem Kuss so sehr ihre Gefühle ausgedrückt zu haben.

Zur selben Zeit wurde er ihr hörig.
Im Dunkeln sagte er zu ihr: Ich verrate dir ein Geheimnis: Ich muss dich einfach ficken!

Er wollte, dass sie passiv blieb. Er mochte es, wenn sie das Spielzeug unter seinem Körper war.
Das Schlimmste war, dass er, wenn er am kräftigsten stieß, stets die zärtlichsten Liebesworte sprach.
Das war unerhört.
Und jedes Mal, wenn er so sprach, gelang es ihm, so zu klingen, als sagte er es zum ersten Mal, auch wenn er es schon unzählige Male gesagt hatte, und als sagte er es nur für diese eine Person.

Von dem Moment, in dem sie sich kennengelernt hatten, bis zu dem Zeitpunkt, als er ins Flugzeug stieg und sie verließ, in diesen zwei Nächten und drei Tagen regnete es in Schanghai unaufhörlich.

Keiner hatte den anderen gefragt, ob er einen Partner habe.
Sie schienen die ganze Zeit hindurch Sex zu haben, gaben sich einander völlig hin, zeigten sich von ihrer besten Seite, befriedigten den anderen nach Kräften.
Sie versteckten ihre Schwächen und Überempfindlichkeiten gut.
Sie waren beide sehr behutsam und dankbar.
Wenn sie gerade keinen Sex hatten, waren sie nett zueinander.
20 Alles schien absolut perfekt.

Er war viel jünger als sie. Aber sie mochte es, ihren Kopf auf seine Knie zu legen.
Und er tätschelte sie tröstend, wie ein König, der seine kleine Schwester tätschelt.

Wenn er am Computer saß, saß sie starr auf dem Bett und ließ die Augen nicht von ihm, bis er zu ihr sagte: »Kiss me!«

Einmal war sie alleine in seinem Hotel im Aufzug und bekam plötzlich Angst.
Während die Angst in ihr aufstieg, begann sie, auch eine Erwartung aufzubauen.

Sie sagte: Ich kann nicht mit einem Mann schlafen, der am nächsten Tag wieder weg ist.
Sie sagte: Ich habe es satt!
Er sagte: Ich bleibe in engem Kontakt mit dir.
Er sagte: Jedes Mal, wenn wir uns treffen, verstehen wir einander besser, alles kann nur besser werden.

Das hatte noch kein Tourist zu ihr gesagt.
Aber wie sollten die Dinge immer noch besser werden? Es war doch alles schon so gut!
Sie hielt sowohl den Sex als auch die Liebe des Touristen für »duty free«. Schanghai ist ein großer »Duty Free Shop«.
Sie hasste Touristen, aber sie begann immer Affären mit ihnen. Sie war solche Situationen leid.

Als er sich verabschiedete und sie das letzte Mal miteinander schliefen, sagte er ihr wortwörtlich:
Vertraue auf deine Schönheit, das ist sehr wichtig!
Sie hatte ihn absichtlich nicht nach einer Kontaktmöglichkeit gefragt. Aber als er gerade gegangen war, fand sie im von ihm benutzten Computer seine E-Mail-Adresse.
Sie schrieb ihm: Als ich aufwachte, habe ich deinen Namen zweimal buchstabiert, so klar, so einfach, so simpel! So bleibt er mir im Gedächtnis.

Das war jetzt drei Jahre her.
Er war durch ihre Vagina in ihr Herz eingedrungen.
Der Sex war süß, wunderschön und intensiv.
Er ließ sie in neuem Glanz erstrahlen und sich dann rasch sowohl geistig als auch körperlich erschöpft fühlen.
Sie brauchte zweieinhalb Jahre, um sich über diese zwei Nächte und drei Tage klar zu werden.
Es hatte sie stark verletzt, sie hatte Qualen erlitten, es schien, als ob sein Eintritt in ihr Leben ihr genau dieses geraubt hätte.
Sie wurde noch geltungssüchtiger, noch theatralischer und noch falscher.
Sie setzte ihren ganzen Charme ein. Aber als sie schließ-

lich vor ihm auf dem Boden kniet, ist sie vollkommen natürlich und aufrichtig.
Ihr Körper verlangt nach ihm, verlangt unaufhörlich nach ihm.
Wenn dies keine Liebe ist, dann gibt es keine Liebe.
Sie vertraut der Stimme ihres Körpers.

Er sagt ihr: Mein Schwanz liebt deine Möse, aber dich nicht. Ich liebe dich, aber nicht deine Möse.
Sie fragt: Und liebst du deinen Schwanz?

Würde ihr Körper eines Tages ohne ihn leben können? Danach würde sie niemanden mehr brauchen.
Eines Tages schaut jemand die Geburtstage von ihnen beiden an und sagt ihr: Du schuldest ihm etwas aus einem vorherigen Leben, er ist ganz klar gekommen, um seine Schulden einzutreiben. Glücklicherweise habt ihr euch getrennt, wenn nicht, hätte einer von euch beiden sterben müssen. Jetzt schuldest du ihm nichts mehr, es ist abgegolten.

Von da an glaubt sie nicht mehr daran, dass es in dieser Welt Liebe gibt.
Sie denkt: Vielleicht gibt es ein früheres Leben, ein dem früheren Leben vorausgehendes noch früheres Leben. Wenn sie sich beide nicht jedes Mal erkennen müssten, wäre ihr Leben bestimmt nicht mehr so ermüdend.

Jetzt schaut der Schauspieler im Kerzenlicht die Sponsorin an.
Ihr Englisch hat manchmal einen Londoner, manchmal einen New Yorker Akzent. Ihr Chinesisch hat manchmal einen Schanghaier Akzent, manchmal erinnert es an die

Sprache eines modernen Pekinger Mädchens. Das kommt immer darauf an, mit wem sie spricht.
Sie selbst bzw. die meisten, die sie hören, bemerken es sicherlich nicht, weil es nicht so auf der Hand liegt.

Die Sponsorin: Das Hauptproblem ist, dass wir manchmal schwach sind, wir brauchen die Hilfe wichtiger Personen oder reicher Leute. Die meisten werden durch diese Erkenntnis entmutigt, und tatsächlich ist es nur ein äußerst geringer Teil der Menschen, der uns versteht und dann auch Hilfe gewährt.

Schauspieler: Ich hoffe, dass man auch mich eines Tages Sponsor nennen wird.
Bao: In Schanghai musst du mehr Glück haben als das Glück selbst.

Der Regen draußen war heftig.
Sobald es nachts in Schanghai regnet, wimmelt es in den Clubs von Ausgeflippten.
Baos Party dagegen erscheint immer sehr sicher.
Bao kann mit niemandem ein richtiges Gespräch führen.

Eine Schauspielerin, die sich gerade das Rauchen abgewöhnt: Früher habe ich allein gewohnt, aber zu Hause durfte man nirgendwo rauchen, außer im Badezimmer. Die beste Methode, um sich das Rauchen abzugewöhnen, ist, drinnen das Rauchen zu verbieten. So raucht man viel weniger. Das Ergebnis ist natürlich, dass alle im Badezimmer rauchen. Bei mir zu Hause finden die interessantesten Gespräche alle in meinem Badezimmer statt. Ich sage oft, dass ich in mein Badezimmer ein kleines Aufnahmegerät stellen sollte, um alle Gespräche aufzuzeichnen.

Plötzlich verstummt die Schauspielerin, die sich das Rauchen abgewöhnen will, sie wendet den Kopf, schaut die Sponsorin von Weitem an.

Schauspielerin: Diese Frau hat sich total ins Schanghai-Spiel gestürzt. Sie ist eine Hochstaplerin, aber sie glaubt an das Spiel. Sie hat die typischen Augen der Schanghaier Mädchen. Du glaubst nicht, dass es Mädchen mit solchen Augen gibt. Du kannst solche Schanghaier Mädchen nicht verstehen, für sie existiert keine Wahrheit. Alles, was zu ihnen gelangt, taucht woanders wieder auf oder wird etwas anderes. Diese Mädchen sind bei einfühlsamen Menschen sehr beliebt.

2

Freitagabend, nach 11 Uhr, auf der oberen Fahrbahn der doppelstöckigen Yan'an-Straße, im Auto.

ABC fährt, der Schauspieler sitzt neben ihr.
ABC: Schon nach elf? Wie schnell die Zeit vergeht! Die Straßenlampen sind schon aus.
ABC: Ich mag es, auf der oberen Fahrbahn zu fahren, wenn die Lichter aus sind. Jetzt erscheint Schanghai etwas leerer.
Schauspieler: Wie in den 1990ern. Ich liebe das Schanghai der Neunzigerjahre.
Was lachst du?
ABC: Weißt du, was ich an den Neunzigern am meisten mag?
Schauspieler: Was denn?
ABC: Die Damentoiletten im Park 97. Dort habe ich immer die Mädchengespräche belauscht. Daher kommt mein Hobby, alles aufzunehmen.

Bald ist Weihnachten, immer zum Jahresende herrscht in Shanghai eine Atmosphäre von Mord und Totschlag.
Die Winternächte sind in ein feuchtes und kaltes Tiefrot getaucht.

Im Auto läuft ein Klavierkonzert von Bach. Bach in einer Schanghaier Winternacht passt zu einem Touristen, der in eine Sackgasse geraten ist.

Dieser Tourist hat keinen besonderen Hintergrund, ein Kerl mit Fernweh.
Vielleicht ist es ein junger französischer Intellektueller.
Vielleicht kommt er aus dem Süden. Vielleicht studiert er Philosophie.
Ein Kerl, der hierherziehen will. Er ist sehr arm, hat hier keinen einzigen Freund.
Er hat eine überspielte Bach-Kassette dabei, und er mag es, im Taxi diese Kassette zu hören.
Bald ist das Jahr zu Ende. Er hat kein Geld, um über Weihnachten nach Frankreich zurückzukehren. Er möchte auch nicht weg.
Obwohl die meisten Schanghaier Fahrer nicht besonders gut Auto fahren können, geben sie ihm dennoch ein Gefühl der Sicherheit.

Jie Jie fährt woanders auf dem Yangpu-Hochweg.
Der Ausländer von der Beerdigung folgt ihr in einem schwarzen Mietwagen vom Hotel.
Jie Jie beobachtet ihn von Zeit zu Zeit im Rückspiegel.
Sie hört das Lied »Verrückte Partie« der Gruppe »Stimmbruchstücke«.

> Gesang seniler Deformation,
> Tanz naiver Blindheit,
> Applaus listiger Fremder.
> Nur du verbirgst dich noch im Dunkel.

Auf dem Parkplatz des Grand Hyatt Hotels im Jin Mao-Tower kommen Jie Jies Auto und das des fremden Mannes langsam nebeneinander zum Stehen.

Beinahe zur selben Zeit taucht mit elegantem Schwung das Auto vom alten Tan, der auch auf der Beerdigung war, auf dem Parkplatz des Jin Mao-Towers auf.
Der alte Tan steigt nicht aus, sondern telefoniert weiter.

Tan: Liebeskummer kann einen Menschen zerstören, kann einem Menschen aber auch ein neues Leben schenken. Sie ist ein Mensch, der Liebe in viele Arten unterteilen kann, in Liebe, Freundschaft, verwandtschaftliche Gefühle. Zwischen diesen Arten der Liebe gibt es für sie Unterschiede und sie sind ihr unterschiedlich wichtig. In Wahrheit aber wird es immer nur eine Liebe geben, man lebt sie ganz und gar, mit Haut und Haaren, Leib und Seele.

Es fängt wieder an zu regnen. Aus der Nähe betrachtet, erscheint der nächtliche Jin Mao-Tower wie Science Fiction, und der nebelumwallte Fernsehturm »Perle des Ostens« wirkt wie das exzentrischste Gebäude einer Märchenwelt.

3

28 *Freitagabend nach Mitternacht auf dem Nördlichen Bund, zu Hause.*

Im glitzernden Flur des Jin Mao-Towers.
Übertrieben viel Chrom verunsichert die Menschen.
Jie Jie und der westliche Ausländer von der Beerdigung gehen Hand in Hand zu seiner Zimmertür.

Der Ausländer scheint aus der Zukunft zu kommen, in seiner Stimme liegt ein Sonnenschein, in seinen Augen verliert man sich wie im Ozean.
Schaut man in seine Augen, erscheint die ganze Welt rein und grenzenlos.
Er wirkt wie ein Geschenk.
Er hat sicherlich einen interessanten Hintergrund.
Er ist der Typ des »besonderen« Touristen.

Für gewöhnlich entwickelt Jie Jie nur gegenüber solchen »besonderen« Touristen Interesse.
Schanghai ist ein Ort, von dem man nun einmal solche Geschenke erwarten darf.

Der Mann ist sehr kultiviert.
Er reagiert schnell, seine Sprache ist bisweilen humorvoll,

bisweilen anmutig, aber er weiß auch, wann er schweigen sollte.
Er ist die Sorte Mann, die mit allem, was sie sagt und egal wie oft sie es gesagt hat, in dem Moment, wenn sie es noch einmal sagt, dem Zuhörer den Eindruck vermittelt, es sei das erste Mal und sie sage es nur diesem einen Menschen.

Als sie beide schweigen, liegt Spannung in der Luft.
Sie ertragen die Stille nicht.

Sie erraten die Gedanken des anderen nicht.
Sie geben nicht vor, das Erscheinungsbild des anderen zu verstehen.
Sie können auch nicht allzu viel miteinander sprechen.
Wenn sie zusammen sind, sind sie Spiegel.
Sie können stets sofort durch das Spiegelbild des anderen ihre eigenen nicht vollkommenen und nicht authentischen Stellen erkennen.
Das macht sie nervös.
Sie wissen nicht, wer nervöser ist, wer zuerst nervös wird, wessen Nervosität wen ansteckt.
Sie können sich nicht zu nahekommen.

Beide wollen für den anderen das Beste.
Der Mann will Jie Jie vielleicht einfach nur glücklich machen.
Für Jie Jie ist das anders, sie buhlt ein wenig um die Gunst ihres Gegenübers, darüber hinaus beginnt sie bald, übertrieben zu hoffen, die Liebe dieses Mannes besitzen zu können.

Diese zwei können nicht so ohne Weiteres ein wirklich tiefschürfendes Gespräch miteinander führen.

Selbst wenn sie es wollten, wüssten sie nicht, wie sie es beginnen sollten.
Sie können auch überhaupt nicht über ihre Trauer bei der Beerdigung sprechen.
Auch ihre Ansichten über wichtige Dinge, egal welcher Art, können sie nicht austauschen.

Jie Jie versucht, ein bisschen ernsthafter zu werden.
Jie Jie: Aus meiner Sicht ist alles, was dich betrifft, unklar, ich weiß nicht, wer du bist.

Der Mann scheint sie sofort stoppen zu wollen.
Mann: Vielleicht kenne ich mich selbst nicht.

Der Mann zieht Jie Jie an der Hand und öffnet gleichzeitig sein Zimmer.
Jie Jie: Meine kleine Schwester Mei Mei sagt, ich sei ein Panda. Pandas haben nur zweimal im Jahr Sex.
Jie Jie: Egal welche Pornos man dem Panda auch vorspielt, er isst nur seinen Bambus.

Der Mann lockert den Griff um Jie Jies Hand, betritt das Zimmer, stoppt, dreht sich lächelnd zu ihr um.
Wenn der Mann lächelt, lachen auch seine Augen.
Mann: Na, wie oft hast du's denn dieses Jahr gemacht?
Sie tritt lächelnd ins Zimmer.
Jie Jie: Nicht oft, aber sicher öfter als zweimal.

Der Mann kniet nieder, küsst Jie Jie auf ihren schwarzen Rock.
Jie Jie zieht den Mann an sich.
Jie Jie: Ich bin es nicht gewohnt, wenn ein Fremder so etwas macht.

Er zieht Jie Jies Oberteil aus, ihre helle Haut lässt ihr Gesicht leuchten.
Dieser Fremde schenkt Jie Jie einen perfekten Orgasmus.

Jie Jie lächelt. Sie ist eines der Mädchen, die lächeln, wenn sie zum Orgasmus kommen.
Tatsächlich lächelt sie nicht oft. Aber wenn sie lächelt, ist dieses Lächeln jedes Mal strahlend.
Beinahe jedes Mal, wenn sie lächelt, endet ihr Lächeln in einem schüchternen Gesichtsausdruck.

Danach gehen sie zum Bett, aber der Mann scheint kein Interesse zu haben, weiterzumachen.
Plötzlich erscheint es Jie Jie so, als sei dieser Fremde tatsächlich überhaupt nicht so einfach erregbar.
Tatsächlich hat der Mann sie nicht in sein Zimmer eingeladen, Jie Jie ist wie selbstverständlich mit ihm hereingekommen.
Vielleicht kann der Mann einfach nur nicht Nein sagen.

Jie Jie: Zeig mir deinen Körper!
Der Mann steht nackt auf, vollführt vor ihr eine halbe Drehung nach links und dann wieder eine halbe Drehung nach rechts.

Jie Jie kämmt sich gewissenhaft ihr Haar im Spiegel des Fernsehers.

Als Jie Jie bestürzt und verstört beim Hinausgehen den Kopf wendet, durchschaut sie den Mann auf einmal.
Dieser fremde Mann ist ein nüchterner Zuschauer.
Er ist so kultiviert.
Er ist ein Schauspieler, sein Lächeln ist so anziehend.

Er kann nicht aus sich herausgehen, das kann er einfach nicht. Und er kennt auch nicht das Gefühl, verantwortlich zu sein.
Er ist ein Überlebender. Um zu überleben, kann er jederzeit eine Maske beliebiger Couleur aufsetzen.
Er ist ein Schauspieler, sein Lächeln ist so leer.

4

Samstag, frühmorgens nach ein Uhr, Mogan-Bergstr. 50. 33

Es ist tiefe Nacht, es regnet noch, im Hof der Mogan-Bergstr. 50. Eine Schuppentür wird von einer Lampe erleuchtet.
Mei Mei hockt unter dem kaputten Dachvorsprung des Eingangs und unterhält sich gerade lachend am Telefon mit dem Schauspieler.
Auf dem violetten Rock ihres weißen Skianzugs steht: *Boys don't cry.*

Der Schauspieler telefoniert mit ihr aus dem Taxi.

Mei Mei: Ist es nicht recht schrecklich, auf derselben Party ein Mädchen nach dem anderen zu treffen, das schon etwas mit einem gehabt hat?
Schauspieler: Das ist ein Gefühl, als ob es bald mit einem zu Ende ginge. Es kommt einem vor wie ein Film, der kurz vor dem Sterben vor dem inneren Auge abläuft.

Schauspieler: Tatsächlich stellt es sich für mich so dar: Vielleicht habe ich ein Mädchen getroffen, das mir vom Schicksal bestimmt war. Vorherbestimmung hieße dann vielleicht, dass wir uns in einem vorherigen Leben kennengelernt haben. In diesem früheren Leben war ich vielleicht überhaupt kein Mann, oder ich war vielleicht irgendein anderes Tier, und dieses Mädchen könnte durchaus mein Feind gewesen sein. Wir haben ein früheres Leben, und ein Vorleben vor dem früheren Leben. Vielleicht habe ich dieses Mädchen damals verletzt, oder das Mädchen hat mich damals verletzt. Kurzum, wir haben noch unbeglichene Schulden, deshalb treffen wir uns in diesem Leben.

 Schauspieler: Wir wissen nicht, wie wir mit dem Gefühl umgehen sollen, dass uns jemand vertraut und doch fremd ist. Mein Körper will einfach mit dem des Mädchens zusammen sein. Und wir jagen immer dem schönen Ideal nach, in der Vereinigung unser Leben und die Welt um uns herum auf den Punkt zu bringen.

Mei Mei: Jemand hat mir gesagt, K sei das Mädchen, das du abgesehen von mir am meisten liebst.
Schauspieler: Das hast du dir wohl ausgedacht!
Mei Mei: Warum will das Mädchen, das die Sponsorin genannt wird, herkommen? Kommt sie etwa wegen mir?
Schauspieler: Bist du sauer?

Mei Mei: Du weißt doch, wenn ich weiß, wie sie aussehen, dann fange ich an, mir vorzustellen, wie du sie gefickt hast. Diese Vorstellung wird mich quälen.
Schauspieler: Nur mit dir mache ich manchmal Liebe, nur dich ficke ich manchmal. Ich habe noch nie andere Mädchen gefickt. Jemanden zu ficken ist eine sehr intime Sache.
Mei Mei stoppt ihn mit einem »Schhh!«. Sie weiß, dass der Schauspieler lügt.

Mei Mei: Es regnet für Little Beetle. Er war nur einmal in Paris, und nach seiner Rückkehr sprach er immer von einem regnerischen Abend in Paris. Er sagte, dass der regnerische Abend in Paris ihn an das Innenleben einer schönen Frau in mittleren Jahren erinnere.
Schauspieler: Paris ist ein Ort, der die Menschen deprimiert. Ich möchte wirklich nicht nach Paris.

Mei Mei: Je mehr der Moment des Todes die Menschen erstickt, desto frischer wird die Luft. Warum können wir den Sturm des Todes nicht mit unserem Liebsten zusammen erfahren?

Schauspieler: Wenn du stirbst, zerbreche ich deinen Stern.

Mei Mei: Da kommt jemand! Vielleicht ist es die Sponsorin!
Das Auto der Sponsorin hält langsam gegenüber dem Lagerhaus von Mei Mei.

Im Auto der Sponsorin sitzen drei Mädchen im Dunkeln.
Sponsorin: Aussteigen, wir gehen rein.

Der Raum ist komplett abgedichtet.
Die Wände sind alle mit kleinen grünlichen Fotos abgedeckt.
Auf allen Fotos sind Gesichter von Jungen und Mädchen zu sehen, die wie bei einem Kinderspiel zwischen kleinen Bäumen hin- und herwechseln.
Etwa zwanzig Monitore hängen in der Luft.
Auf den Bildschirmen werden die Jungen und Mädchen

gezeigt, wie sie auf einem Bach sachte ein Boot rudern. Ihr kleines Boot durchquert ein Wäldchen. Auf ihren Gesichtern liegt ein entrückter Ausdruck, wie wir ihn aus der Bildhauerei kennen.

Ungefähr 20 Schanghaier Mädchen sitzen vor den grünen Fotowänden und spielen Mah-jong.
Die Gesichter der Schanghaier Mädchen sind alle voller Leben.
Sie sprechen Schanghainesisch, und auf ihren Gesichtern zeigt sich angesichts ihres konventionellen Lebens eine Art anziehende Nachdenklichkeit. Ihre Gespräche drehen sich größtenteils um die Filme, die sie gesehen haben, die kleinen Läden, die sie lieben, alle möglichen Partys, an denen sie teilgenommen haben, und darum, wie man die Haut pflegt, wenn sie vom exzessiven Partyleben angegriffen ist.
Die Mädchen hier sprechen kaum über Männer. Wenn sie doch einmal zufällig über Männer sprechen, dann stets absolut vorsichtig und zurückhaltend.

Die Sponsorin steht dort mit ihren Freundinnen, sie sind ein bisschen verlegen.

Mädchen A: Das sind ja alles junge Mädchen, es gibt ja noch nicht einmal einen einzigen Typen!
Mädchen B: Wozu brauchen wir einen Mann? Um was sollten wir mit einem Kerl denn spielen?
Mädchen C: Mit einem Mann spielt man nicht um Geld.
Mädchen B: Na, und um was dann?
Mädchen C: Ich setze alles Geld darauf, dass Männer intelligent sind.

Mädchen C: Zu viele Männer setzen Geld darauf, dass Mädchen dumm sind. Und ich setze jetzt Geld darauf, dass Männer etwas im Kopf haben. Wenn ich verliere, habe ich Pech gehabt.

5

38 *Samstag, frühmorgens nach zwei Uhr, Kantonstraße, im Auto.*

Im Restaurant Jean George.
Im samtenen Licht zwischen tiefbraun und bernsteinbraun, zwischen den Tischen, sieht jeder jeden, doch die Blicke können sich kaum treffen.
K liebt das Innenraum-Design von Jean George, sie geht durch den dunklen kleinen Flur, sie liebt den Klang der lang andauernden, prägnanten Tritte ihrer Stöckelschuhe auf dem Holzbretterboden, schließlich stoppt sie plötzlich vor einem überirdischen Panorama, das von einer die Stimmung anzeigenden Lampe erleuchtet wird.

Andrew Bull sitzt dort und raucht eine Zigarre, er entdeckt gerade einen Freund, den er viele Jahre nicht mehr gesehen hat.

Andrew Bull sagt (auf Englisch): Ich habe diesen Typen seit 1978 nicht mehr gesehen. Das war in Century City, Los Angeles. Wir sind Freunde seit Hongkong. Als ich ein Teenager war, war er einer meiner Förderer, er gab mir meinen ersten Job. Als Bruce Lee starb, war ich ein dummer Reporter und sollte über seine Beerdigung berichten … Hongkong hat sich nie wieder von Bruce Lees Tod erholt. Er war wie Bob Marley oder der Elvis von Hongkong. Du kannst dir die frühen Siebziger in Hongkong nicht vorstellen, dieser Typ war mitten im Bauch des wilden Tieres, gerade damals. Er hatte ein leuchtend oranges Auto, den angesagtesten japanischen Sportwagen. Es war gut, jung zu sein, in den Siebzigern in Hongkong.

Der Schauspieler trägt Sportschuhe und einen kleinen dunklen Nadelstreifenanzug.

K ist schon angekommen.
Frauen wie K, die aus innerster Überzeugung Mädchen waren, liebten hingegen jene bereits alternden oder im Altern begriffenen Jungs.

Schauspieler: Wie macht sich dein »China Underground«?
Dieses Jahr haben sich mindestens zehn Musiker, die ich kenne, einweisen lassen oder brauchen einen Psychiater.

K: Ich kenne mindestens zehn Maler, die sich in letzter Zeit ein Haus oder ein Auto gekauft haben, und zwar alles cash.

K: Ich habe endlich deinen Film gesehen.
Dieses Mädchen, das die ganze Zeit auf einen Anruf wartet. (Auf Englisch:) Das ist das perfekte Bild der Situation, in der wir uns während der turbulentesten Beziehungen unseres Lebens befinden. Sehr dramatisch und ungesund. Sehr intensiv, verzweifelt und abgefahren. Aber auch sehr wahr und ehrlich.

Schauspieler: Das hat sich meine Freundin ausgedacht.
K: Tatsächlich dachte ich, für Liebe gibt es keine Alternative. Wir müssen unterschiedliche Beziehungen und Liebe erleben, erst dann können wir Reinheit und Sicherheit erlangen. Dieses Mädchen hat schließlich in ihrer chaotischen Beziehung das Glück zu überleben, weil sie stark ist und reich an Mitgefühl.
Schauspieler: Tatsächlich war sie das erste Mädchen, das ich geliebt habe, die große Schwester meiner Freundin. Diese Liebe war sehr rein, ich wollte ganz einfach nur, dass es ihr gut ging. Und ihre Liebe zu mir schien wie ein warmer, reiner Sonnenstrahl. Manchmal, wenn mich der Sonnenstrahl nicht traf, fühlte ich mich ganz kalt.
Schauspieler: Wir haben uns immer gegenseitig beschützt. Das Verbindende zwischen uns waren die Einsamkeit und die Helligkeit des Innersten. Das ist anders als das »Ich liebe dich« der meisten Liebespärchen. Und es ging nicht ums Körperliche. Auch wenn wir uns körperlich nicht berührten, so gab es doch von Anfang bis Ende eine geistige Berührung. Das war eine Methode, um unsere Liebe zu fühlen, die so perfekt war wie ein Leben wie Gott in Frankreich.

Der Schauspieler sieht K an. Ihre Augen leuchten auf, warm und rein.
Schauspieler: Tatsächlich setzten wir all unseren Eifer daran, den Sonnenstrahl ganz behutsam immer auf den anderen zu lenken. Egal wo der andere war, wir waren immer zusammen, es gab nur gute Gefühle. Es gab keine belastenden Gedanken, nur unmittelbar empfundene Freude. Wir hatten alles Negative der Welt hinter uns gelassen.

K schaut den Schauspieler mit ihren großen schönen Augen eine Weile an.

K: Manchmal hege ich plötzlich große Zweifel, die mich sehr schmerzen. Ich meine damit, dass wir uns überhaupt nicht verstehen. Du nimmst dir auch nicht die Zeit, mich verstehen zu wollen. Du bist nur völlig gutherzig. Und tatsächlich liebe ich dich auch nicht, weil ich dich überhaupt nicht kenne. Wir hatten nur ein halbes Mal Sex, haben uns nur ein paar wunderschöne SMS geschrieben. Das ging mir heute auf der Beerdigung durch den Kopf.
Ich glaube, dass ich beginne, dich nicht mehr als Freund haben zu wollen.
Der Schauspieler sagt lachend: Ihr Schanghaier Mädchen! Eure Liebe ist kommerziell. Wenn ihr »etwas schlecht findet, tauscht ihr es um«.

Schauspieler: Sobald Mann und Frau miteinander geschlafen haben, ist nichts mehr klar definierbar.
K: Als wir früher zusammen waren, waren wir zu viel auf Drogen. In einer solchen Situation sollte man sich nicht fragen, wer man ist.

Der Schauspieler ergreift Ks Hand mit beiden Händen.
Schauspieler: Als sich meine Freundin und ich gerade ineinander verliebt hatten, war scheinbar alles perfekt. Wir haben uns täglich mehrfach geliebt, unsere Liebe war unsterblich. Aber damals waren ihre Wangen oft tränennass. Denn sie betrachtete alle Beziehungen wie ein Theaterstück. Und die Liebe war so unwirklich, irrational, unglücklich.

K: Liebe ist wie der Kalte Krieg. Verliebte Menschen sind alle Spione. Und die Spione sind alle Meister der scheinbaren Oberflächlichkeit, die tatsächlich aber einen Hintersinn verbirgt. Es gibt dabei nichts, auf das man zählen könnte.

Schauspieler: Wenn man Liebe doch nur so leichtfertig behandeln könnte wie ein Essen!
Der Schauspieler küsst Ks Hand, legt ihre Hand auf seine Wange.
Schauspieler: Hat dich Miami nicht etwas froher gestimmt?

K: Weißt du, was einem in Schanghai fehlt? Das Meer. Mir geht es nur gut, wenn ich mich an den Strand setzen kann, bei blauem Himmel, mit einem guten Freund an meiner Seite, der ein Buch liest. Dort sonne ich mich dann, träume vor mich hin, denke an gar nichts. Ausspannen, ich muss ausspannen.

6

Samstag, frühmorgens nach zwei Uhr, im »Superficial Club«.

Das Gebäude war früher ein zweistöckiges Theater. Es wird gerade renoviert.
Der Schuppen heißt »Superficial Club«, auf Chinesisch wörtlich »Überflieger-Lektion«.

Wie gleichgültig die Menschen hier anderen gegenüber sind, die sie nicht brauchen!
Aber sie haben bereits alles hier zum Kult erhoben. Niemand könnte diese Verteidigungslinie jemals durchbrechen.
Jedes ihrer Gesichter ist ein Konzept.
Sie kennen nur Wahrnehmung und Urteilskraft. Sie haben keine Leidenschaft und sind nicht sinnlich.

Heute Abend ist geschlossene Gesellschaft, wer angesagt ist, geht durch den Hintereingang.

Jie Jie ist da. Sie trägt ein rückenloses Top.
Ihr glatter Rücken flattert vom Erd- ins Obergeschoss, macht im Obergeschoss kehrt und flattert wieder ins Erdgeschoss.

Sie durchstreift langsam ein Separée nach dem anderen, in der Hoffnung, vom Schauspieler gesehen und angesprochen zu werden.

Der Saal ist geräumig, alle trinken in ihren dämmrigen Separées. Das provisorisch installierte Bühnenlicht ist viel zu grell. Der Künstler Yu Jizhen inszeniert seine Performance. Er nimmt ein feuchtes Papiertaschentuch und legt es sich aufs Gesicht. Gleichzeitig hat er damit auch seinen Mund bedeckt. Mit der Zunge leckt er langsam ein Loch

ins Taschentuch, atmet, dann nimmt er ein weiteres Taschentuch, legt es sich aufs Gesicht, erzeugt mit der Zunge wieder ein Loch, und atmet wieder.

Der glatte Rücken Jie Jies flattert im Dämmerlicht hin und her. Sie sucht den Schauspieler.
Allerlei Gesprächsfetzen dringen an ihr Ohr.
Jemand spricht über ein Virus mit dem Namen »Panda Sex«.
Schließlich erwischt der Schauspieler Jie Jie auf der Treppenbiegung des Obergeschosses.

Viele Gäste nehmen an, dass diese Party durch die Ankunft des Schauspielers einen ganz anderen Charakter bekommen wird als andere Partys.
Der Schauspieler zieht Jie Jie an seine Brust, ihr beider Blick ist auf die Aufführung auf der Bühne gerichtet.

Das feuchte Taschentuch auf dem Gesicht des Performance-Künstlers auf der Bühne wird immer dicker, sein Atem geht immer schwerer, seiner Zunge fällt es immer schwerer, die Löcher zu produzieren.

Schauspieler: Jemand berichtet gerade, dass ein neues Virus in Schanghai ausgebrochen ist. Es heißt, dass derjenige, der dieses Virus bekommt, im Jahr nur noch zwei Gelegenheiten zum Sex hat.
Jie Jie: Man sagt auch, dass der »Panda Sex«-Virus, der gerade im Schanghaier Stadtgebiet ausgebrochen ist, die Menschen unmittelbar in zwei Arten unterteilt hat. Die eine Sorte Menschen befürchtet, dass sie nun kein Sexleben mehr hat. Die andere befürchtet es nicht.

Schauspieler: Wie geht es dem mysteriösen Freund?
In Jie Jies schüchternem Blick liegt ein glücklicher Ausdruck. Sie antwortet nichts.

Der Performance-Künstler auf der Bühne atmet immer schwerer. Es scheint, als ob der ganze Saal anfängt, unruhig zu werden.
Endlich nimmt der Künstler alle nassen Taschentücher, die sein Gesicht bedecken, ab, und fällt sofort auf die Bühne, mit weit aufgerissenem Mund nach Luft ringend. Der ganze Saal applaudiert.
Schauspieler: Was ist eigentlich dein mysteriöser Freund von Beruf?
Jie Jie: Das weiß ich nicht. Ich weiß noch nicht einmal, wer ihn hergebracht hat. Er sagt im Spaß, er sei ein vergessener Pornodarsteller.
Jie Jie: Da war wohl mal Liebe. Die Liebe kam und verging wie im Flug. Sie hatte nur so lange Bestand wie ein aufgewirbeltes Staubkorn.
Nach tiefer Trauer, Angst und Erschöpfung, nach jener Beerdigung schenkte er mir einen allzu vollkommenen Orgasmus.
Jie Jies Beschreibung ist überdeutlich, der Schauspieler

kann sein Gesicht nur für ein paar Sekunden nicht kontrollieren und offenbart Eifersucht.
Nachdem die Performance zu Ende ist, erscheinen auf den zu einem unregelmäßigen S geformten Metallstäben plötzlich einige junge Schwäne in traditionellen weißen Ballettröckchen, mit goldenen Haarkappen im Stil der Zwanzigerjahre. Es sind die Violinistinnen des heutigen Abends.

In dem Maße wie die Musik des Orchesters anschwillt, beginnt sich die Atmosphäre zu beleben.

Jie Jie und der Schauspieler ziehen sich in einen Winkel zurück, sie leuchten die Gäste mit kleinen Laserlampen ab und analysieren, wer von ihnen Hochstapler und wer ein Taugenichts ist, wer ein degenerierter Bourgeois, wer Künstler aus neureicher Familie. Sie tauschen Informationen darüber aus, wie Dinge bei jenem laufen, wie es um die Geliebte eines anderen steht, wer plötzlich reich geworden ist. Schließlich fangen sie an, den Zeitgeist zu tadeln. Es scheint, als lasse der herrschende Zeitgeist niemals wieder einen ernsthaften Künstler zu, als werde diese Stadt kein ernsthaftes Buch mehr hervorbringen.

Die meiste Zeit tragen sie ihre Kopfhörer und hören jeder seine eigene Musik.
Beim Anblick all dessen erstarren sie leise.

Plötzlich ein sehr dramatischer Moment.
Etwa 30 Männer betreten den Superficial Club.
Sie haben um den linken Oberarm eine weiße Schnur gebunden. In der Rechten halten sie ein Messer.
Sie sind gekommen, um zu kämpfen. Die Schnur um den

linken Oberarm soll verhindern, dass der Oberarm zu viel Blut verliert, wenn er einen Stich abbekommt.
Hier will niemand Eindruck schinden.
Das unterscheidet sie von den kleinen Violinistinnen.

7

Am Samstag nach halb fünf im Auto zwischen dem Ürümqi-Geldschrank Karaoke und dem Nördlichen Bund.

Jie Jie fährt, der Schauspieler sitzt neben ihr.

Ihr Auto fährt an den berühmten Straßenecken der Yan'an Hochstraße und am Bund vorbei, weicht den Schanghaier Mansions aus, kommt an der Waipo-Brücke vorbei, am Pujiang-Hotel, erreicht die Dongdaming-Straße.
Bevor der nördliche Bund erschlossen war, war diese Straße eine Reiseroute in die Vergangenheit, die Schanghai in das Gestern und Heute teilte.

Jie Jie: Geht es K gut?

Schauspieler: Sie ist todtraurig. Sie hat einen Lama im Tempel gebeten, für Little Beetles Erlösung aus dem Fegefeuer 49 Tage lang zu beten.

Jie Jie fährt langsam und schaut nach vorne.
Im Auto ist das Lied »Eternal« von Joy Division zu hören.

Jie Jie: Ich habe gehört, dass sich K bei einer wilden Party,

die sie bei sich zu Hause veranstaltete, ihre Nase ruiniert hat, jetzt kann sie Gerüche nicht mehr richtig wahrnehmen. Sag ihr, dass sie besser aufpassen muss. Es sind immer die besten Freunde, die dann die Polizei rufen.
Jie Jie: Heutzutage ist es noch möglich, ein ordentliches Gläschen zu trinken. Bald wird man noch nicht einmal mehr Alkohol trinken dürfen.

Schauspieler: Sie veranstaltet schon lange keine Partys mehr. Sie hat ihr Apartmenthaus mitsamt den Fotos, die sie auf den Partys gemacht hat, an einen Wirtschaftsprofessor der New York State University verkauft. Ihr Apartment wird schon bald eine Kunstgalerie sein.

Jie Jie: Schanghai erinnert an eine verlassene Insel.
Wenn man sich Schanghaier Geschichten anhört, klingt es wie Seemannsgarn.
Schauspieler: Tatsächlich weiß niemand, was sich auf dem Meer wirklich abspielt. Deshalb ist Schanghai das, was der Seemann darüber sagt.

Schauspieler: Wenn Schanghai der Name einer Droge wäre, wäre diese Droge mit Sicherheit sehr literarisch. Schanghai ist bloß erdichtet.
Jie Jie: Der Tod ist keinesfalls erdichtet. Erst wenn man ihn erfahren hat, weiß man, was er ist.

Jie Jie: Hoffen wir, dass uns Little Beetle schnell eine Botschaft über den Tod schickt.
Schauspieler: Man muss sich auf den Tod vorbereiten.

Schauspieler: Was glaubst du, warum ist er so schnell von uns gegangen?

Jie Jie: Er wollte wohl nicht mehr so leiden.
Schauspieler: Kannst du garantieren, dass er nicht gelitten hat, als er von uns ging?
Jie Jie: Das muss ein Abend gewesen sein, an dem er alles auf eine Karte gesetzt hat!

Schauspieler: Er konnte nie kleinliche, schlechte oder vulgäre Dinge ertragen. Er war so sarkastisch!
Jie Jie: Er ließ seine Freunde plötzlich wieder ein Gefühl von Einsamkeit spüren.

Schauspieler: Sein Tod hat mir die Augen geöffnet. Ich beginne, über viele Dinge nachzudenken. In Wirklichkeit ist unser Wissen über diese Welt doch begrenzt, schlimmer noch, es ist gänzlich falsch.
Schauspieler: Heute morgen hast du gesagt, dass Little Beetle es gemocht hätte, wenn wir uns elegant kleiden. In dem Moment wollte ich losheulen, aber schließlich habe ich mich zurückgehalten.
Jie Jie: Auf der Beerdigung wurde mir plötzlich bewusst, dass seine Freunde alle von der Sorte Mensch sind, die sich nicht mit Worten ausdrücken können.
Jie Jie: Sie sind alle gute Redner, aber wenn es um ihre eigenen Gefühle geht, dann sind sie hilflos.
Schauspieler: Auch K empfand es so. Deshalb fühlte sie sich heute besonders einsam.

Die Dongdaming-Straße ist vor Tagesanbruch ganz leer, man sieht keinen Menschen.
Jie Jie schaut in den samtenen Himmel, der langsam hell wird.
Der Schauspieler ebenfalls.

Sie fallen beide gleichzeitig in einen gedankenverlorenen Gemütszustand.

Jie Jie schaut den Schauspieler an.
Der Schauspieler wendet sich just in diesem Moment zu Jie Jie um.
Die beiden schauen sich unschuldig lächelnd an.

8

52 *Samstagmorgen bei Tagesanbruch, Nördlicher Bund, zu Hause.*

Der Schauspieler und Mei Mei stehen vor einem altmodischen schwarzen Fahrrad und lachen fröhlich.

Schauspieler: Aufgestiegen!
Mei Mei will sich hinter ihn setzen.
Schauspieler: Nein, nein, vorne.
Mei Mei zeigt einen leichten Ausdruck von Schüchternheit und Erregung.
Mei Mei setzt sich vorne hin.
Schauspieler: Sehr gut, von jetzt an musst du deinen Körper sehr entspannt halten, sonst kann ich nicht sicher fahren. Komm ein bißchen näher!

Schauspieler: Ich wusste, dass du dich nicht richtig hinsetzen würdest. Was ist das Problem?
Mei Mei rückt zwischen den Beinen des Schauspielers zurecht.
Mei Mei: Jetzt bin ich doch etwas nervös!

Schauspieler: Kein Wunder, dass man sie die Sponsorin nennt!

Mei Mei: Das Schanghai, das wir kennen, ist wie ein Dorf. In einem Dorf kennt jeder jeden, man kann an jede Tür klopfen. Im Dorf muss es aber auch Geheimnisse geben.
Schauspieler: In Zeiten von SARS habe ich plötzlich entdeckt, dass Schanghai ein Dorf ist, ein einwohnerarmes Dorf.

Mei Mei: Sie hat meiner großen Schwester Jie Jie Geld gegeben, um ein Musiklabel zu eröffnen, aber sie ist nicht die Chefin, das Geld ist nur geliehen. Die Bedingung dafür ist, dass Jie Jie ihr hilft, ihre Mietwagenfirma zu führen. Weißt du, wofür sie das Geschäft betreibt? Sie will nur täglich von den Fahrern wissen, wer die Leute im Auto sind, worüber sie gesprochen haben, wohin sie gefahren sind. Findest Du nicht, dass sie so tut, als wäre sie so etwas wie die Triaden?

Mei Mei: Ich habe das Gefühl, dass sie mich hasst. Egal, wie sehr sie versucht, es nicht zu tun, ich kann ihren Hass förmlich riechen. Das ist schon seit meiner Kindheit so, sobald ein Mädchen auftaucht, dass mich hasst, fühle ich mich sofort in Gefahr.

Mei Mei: Jie Jie und ich haben von Kindheit an Probleme damit gehabt, gute Beziehungen zu anderen Mädchen aufzubauen. Deshalb passen wir hier sehr auf. Das ist auch der Grund, warum ich diese Spielhölle eröffnen wollte. Und meine große Schwester Jie Jie hat das Musiklabel eröffnet, weil sie Schwierigkeiten hatte, sich auszudrücken. Sie mag es, mit Menschen zusammen zu sein, die sich gut ausdrücken können.

Mei Mei: Ich würde gerne ein winziges Restaurant eröffnen.
Schauspieler: Wo man sich wie zu Hause fühlt.
Mei Mei: Die Kellner sollten echt attraktiv aussehen.
Schauspieler: Die Farben sollten warm sein. Eine große Sonnenterrasse mit rotem Glas.
Mei Mei: Mit vielen leckeren vegetarischen Gerichten, etwas scharf, gekocht nach Spezialrezepten für Leute, die sich am Vorabend die Kante gegeben haben.
Schauspieler: Ein legaler Ort. Ohne Glücksspiel.
Mei Mei: Aber ich möchte doch lieber ein illegales Restaurant ohne Zulassung eröffnen.

Sie hören noch lange das Geräusch, welches das altmodische Fahrrad von sich gibt.
Mei Mei schaut mit ihren schönen großen Augen den Sternenhimmel an, es wird bald hell werden.
Wie zerbrechlich, empfindlich, leicht erregbar Schanghai zu dieser Zeit ist.
Es gibt keinen Leerlauf, auch keinen Mangel, kein Bedauern, jede Sekunde ist von Bedeutung erfüllt.

Mei Mei sagt leise zu sich selbst: Wie kann der Himmel noch so dunkel sein?
Der Schauspieler hört das und antwortet ihr leise: Es ist jetzt Winter!

ZWEITER TEIL

Vor der Beerdigung von Mei Mei

1

Samstag, in der Abenddämmerung, vor dem Wukang-Gebäude.

Abenddämmerung, es ist kalt.
Jie Jie hat ein Allerweltsgesicht. Aber sie besitzt trotzdem eine faszinierende Schönheit. Vielen Menschen geht es deshalb so, dass es ihnen jedes Mal wie das erste Mal vorkommt, wenn sie ihr Gesicht sehen. Und jedes Mal werden sie von ihrer Schönheit überrascht.

Jie Jie läuft die Straße entlang – hastig, ohne anzuhalten, sie passiert viele Straßeneinmündungen.

Stimme des Nachrichtensprechers: Die Todesursache Ihrer kleinen Schwester Mei Mei ist schon abschließend ermittelt, Sie können also das Begräbnis für sie ausrichten.
Stimme des Nachrichtensprechers: Verlassen Sie die Stadt bitte nicht, solange Sie keine Mitteilung von uns erhalten haben. Wir könnten Sie jederzeit einbestellen, um uns bei den Untersuchungen zu helfen.

Stimme des Nachrichtensprechers: Was hat Ihre kleine Schwester Mei Mei alles am Abend des 31. Oktober gemacht? Wen könnte sie getroffen haben?

Jie Jie: Ich weiß es nicht. Es war Halloween, sie ist mindestens auf zwei Partys gegangen, hat sicherlich viele Leute getroffen.

Stimme des Nachrichtensprechers: Was haben Sie am Abend des 31. Oktober gemacht?

Jie Jie: Wissen Sie noch, was Sie alles am Abend des 31. Oktober gemacht haben? Nichts Besonderes. Ich habe es Ihnen doch schon mehrfach gesagt.

Stimme des Nachrichtensprechers: Ich meine damit: Haben Sie nicht etwas vergessen?

Jie Jie: Ich erinnere mich an nichts, das ich vergessen haben könnte.

Stimme des Nachrichtensprechers: Erinnern Sie sich an Ihre tägliche Arbeit?

Jie Jie: Ich erinnere mich daran, das ist doch meine Arbeit.

Stimme des Nachrichtensprechers: Haben Sie einen Freund?

Jie Jie: Hat das etwas mit dem Tod meiner kleinen Schwester Mei Mei zu tun?

2

Samstagabend, sieben Uhr, Restaurant M.

Im Restaurant M auf dem Bund.
Während Jie Jie und K miteinander sprechen, schauen sie nervös in alle Richtungen.
Manchmal stockt die Konversation, als ob sie ihren Text vergessen hätten.
Der Schauspieler steht dort mit seiner Videokamera, und das Objektiv filmt sie scheinbar unbewegt.

K: Ich würde gerne eine besondere Masche finden, um das Parfüm China Underground bekannt zu machen.
Jie Jie: Wonach duftet China Underground?
K: Nach Mensch.
Jie Jie: Wonach riechen denn die Menschen?
K: Es riecht danach, dass ein Mensch dort steht, ein junger Mensch, der sich von einer brutalen Jugend losgerissen hat, aber noch weit entfernt davon ist, reif zu sein. Er ist mit Stehlen und Betteln groß geworden. Er war nicht in der Schule, kennt keine Kultur. Er ist sehr leidenschaftlich, hat eine starke Intuition. Er hat das gewisse Etwas.
Jetzt will er unbedingt erwachsen werden und sucht in seinem gewissen Etwas positive Elemente.

Jie Jie: Na, was gibt das denn am Ende für 'nen abgedrehten Duft? Doch nicht etwa Ginsengtee?

K: Ich habe mein Parfüm in den Westen mitgenommen. Und das nicht, um die Westler mit meiner Kraft als Chinesin zu beeindrucken. Ich wollte nur hin, um zu fühlen, wie Westler sind, wenn sie selbst leidenschaftlich Kunst lieben.
K schaut sich plötzlich um: Au, hast du gemerkt, dass Menschen, die viele Bücher gelesen haben, stinken?

Jie Jie: Ich dachte, deine Nase wäre verletzt?
K sagt lachend: Direktor Wang hat mich im Ersten Volkskrankenhaus operiert. Früher dachte ich, Operationen an der Nase seien kleine Eingriffe. Aber tatsächlich ist das gar nicht so. Der Zwischenraum zwischen der Nase und dem Hirnnerv ist so dünn wie ein Blatt Papier. Ein guter Nasenarzt ist ein guter Künstler. Jetzt rieche ich alles, zum Beispiel, wenn ich einen Menschen treffe, der gerade Sex gehabt hat, rieche ich das zehn Meilen gegen den Wind. Übrigens riechen Geschwister immer ähnlich.

Hier stoppt K plötzlich.
Jie Jie: Ich habe Parfüm noch nie gemocht. Parfüm beeinträchtigt mein Denken.
K: Parfüm vermischt alles. Wie ein Roman. Parfüm ist eine Methode, um dem Alltagsleben zu entfliehen. Es kann dich sofort von hier nach dort bringen. Es macht aus etwas Faulem etwas Wunderbares.

Jie Jie: Die Frage ist, ob du ein Parfüm entwickeln kannst, das den Kopf etwas klarer macht, statt ihn zu benebeln. Der Knackpunkt ist, was du erwartest.

K: Ich bin echt traurig über die Sache mit deiner kleinen Schwester Mei Mei. Am 31.10. abends war deine kleine Schwester außer sich vor Wut. Ich hatte immer gedacht, dass sich deine Schwester nicht über so etwas aufregen würde, nicht wahr? Sie waren das Paar, das die Leute am meisten beneideten!
Jie Jie hielt inne und blickte K an, schien aber in Gedanken ganz woanders zu sein.

K: Ich muss zugeben, dass da etwas zwischen dem Schauspieler und mir war. Aber ich würde deiner Schwester doch nichts tun, richtig?
Es tut mir leid, dass ich deine Schwester Mei Mei verletzt habe.

Jie Jie: Mach dir keine Vorwürfe, wirklich! Mei Mei ist kein Opfer. Ohne sie hätte der Schauspieler sich nur herumgetrieben.
Jedes Mal, wenn er eine andere hatte, gab er meiner kleinen Schwester ein Geschenk. Das konnte so groß sein wie eine Badewanne und so klein wie ein Diamant. Sie haben sich auf ihre eigene Art geliebt.

Jie Jie: Und zugleich waren sie total schüchtern, sie konnten noch nicht einmal für ein »Danke« oder »Entschuldigung« die Zähne auseinanderbekommen.
Manchmal musste sie sein braves Mädchen sein, manchmal musste sie für ihn lügen, manchmal musste sie ein Männerspielzeug sein. Und manchmal musste er seine beste schwarze Kleidung anlegen und ihr jeden Wunsch von den Augen ablesen.
Wenn sie getrennt waren, konnten sie manchmal grundsätzlich und hoffnungslos aneinander zweifeln. Sie be-

fürchteten, dass ihre Beziehung zu technisch würde, dass ihr intensiver »Sechster Sinn« zum Beispiel vielleicht gar nicht auf Gegenseitigkeit beruhte, sondern die direkte Reaktion einer Lüge auf eine andere Lüge wäre. Vielleicht waren sie beide Schauspieler, die ihre Gefühle zu übertreiben oder zurückzuhalten vermochten und die den anderen verführten, um allerlei eigene Bedürfnisse zu befriedigen.

K hört dies und verharrt, schaut Jie Jie an, ist konfus und redet völlig zusammenhanglos.
K: Ich bin echt froh, dass ich nicht mehr am Bund wohne. Jeder Mensch in dieser Stadt hat ein unvorstellbar dramatisches eigenes Vorleben.

Der Schauspieler nimmt die beiden die ganze Zeit auf.

Da kommt plötzlich die Sponsorin vorbei und unterbricht die Aufnahme.
Der Schauspieler hebt den Kopf und blickt die Sponsorin an.
Auch K schaut die Sponsorin an.
Auch Jie Jie betrachtet die Sponsorin.

Jie Jie fährt fort: Sie praktizieren die freie Liebe, aber sie sind beide mehr oder weniger introvertiert. Sie können sich nicht ausdrücken, haben beide Angst vor dem direkten Kontakt mit anderen Menschen. Sie erhalten sich ein Gespür für die winzigen Details des Alltagslebens. Aber sie können sich niemand anderem allzu sehr annähern. Nicht, weil sie zu abweisend wären, sondern weil sie beide künstlerisch, musikalisch und literarisch inspiriert sind. Sie sind musische Jugendliche. Ihre Liebe ist eine

Reise auf der Suche nach den eigenen Gefühlen. So etwas ist selten auf der Welt. Das geht so weit, dass sie sogar ohne das Wort »Liebe« auskommen.
Die Sponsorin sieht den Schauspieler an: Ich habe deinen Film gesehen. Dieses Mädchen, das die ganze Zeit auf einen Anruf wartet. (Auf Englisch:) Das ist das perfekte Bild der Situation, in der wir uns während der turbulentesten Beziehungen unseres Lebens befinden. Sehr dramatisch und ungesund. Sehr intensiv, verzweifelt und abgefahren. Aber auch sehr wahr und ehrlich.

Es läuft esoterische Musik.
Mit gefühlvollen Geigen, vielen Naturgeräuschen, absurden Saitenklängen, bedrückendem, schwerem Bass, erschütternd.

Die Sponsorin und der Schauspieler blicken sich an.
Schauspieler: Das Mädchen im Film versucht nur, beim Sex eine eigene Ausdrucksform zu schaffen, die den Männern intim vertraut ist.
Für sie ist Sex manchmal wie kochendes Wasser, das in eine kalte Kanne gegossen wird. Oder es ist ein wunderbares flüssiges Elixier, nach einem langen Tag, der niemals hell wurde.

Die Sponsorin: Tatsächlich stellt es sich für mich so dar: Vielleicht habe ich einen Typen getroffen, der mir vom Schicksal bestimmt war. Vorherbestimmung hieße dann vielleicht, dass wir uns in einem vorherigen Leben kennengelernt haben. In diesem früheren Leben war ich vielleicht überhaupt keine Frau, oder ich war vielleicht irgendein anderes Tier, und dieser Typ könnte durchaus mein Feind gewesen sein. Wir haben ein früheres Leben, und ein Vorleben vor dem früheren Leben. Vielleicht habe ich diesen Typen damals verletzt, oder der Typ hat mich damals verletzt. Kurzum, wir haben noch unbeglichene Schulden, deshalb treffen wir uns in diesem Leben.

Die Sponsorin sagt unter Tränen: Wir wissen nicht, wie wir mit dem Gefühl umgehen sollen, dass uns jemand vertraut und doch fremd ist. Mein Körper will einfach mit seinem zusammen sein. Und wir jagen immer dem schönen Ideal nach, in der Vereinigung unser Leben und die Welt um uns herum auf den Punkt zu bringen.

Während der Schauspieler der Sponsorin zuhört, streichelt er hin und wieder mit gesenktem Kopf seine Kamera. Allmählich werden die dichten Wimpern des Schauspielers feucht, mehr noch, er wirkt, als bräche es ihm das Herz.

Die Sponsorin sagt unter Tränen: Du bist echt eine seltsame Mischung!
Der Schauspieler hebt den Kopf.
Schauspieler: Ich erfinde mich immer wieder selbst.

Die Sponsorin: Ich bin eigentlich herübergekommen, weil ich sagen wollte, dass Mian Mian da vorne ist. Ich will euch beide mal bekannt machen.
Der Schauspieler geht nicht sofort mit, sondern schwenkt seine Kamera auf den dem Bund zugewandten Balkon. Dieser Bund, der ach so viel Liebe und Hass, so viel Freundschaft und Feindschaft gesehen hat, erstrahlt plötzlich in einem Lichterband.

Mian Mian: Große Kunst ist wie der helle Mond im Nachthimmel. Er erleuchtet die Welt, aber er leuchtet nicht selbst. Sein Schein ist nur von der verborgenen, einzig selbst strahlenden Sonne geborgt. Kunst hat vielen Menschen geholfen, einen Blick auf den Sinn des Lebens zu erhaschen. Kunst besitzt unsichtbare, heilige Ursprünge und heilige Ziele. Sie lässt die Menschen ihr wahres Wesen erkennen und ihren Platz im Kosmos. Sie hilft den Menschen, immer wieder und wie zum ersten Mal den Sinn und Wert ihres Lebens zu erkennen und die unbegrenzten Möglichkeiten, die es bietet. Aber viele moderne Kunst hat diese Erkenntnis eingebüßt und ist daher eine Gefangene ihrer selbst auferlegten Begrenztheit. Habe ich nicht recht?

3

Samstag, nach neun Uhr abends, Changhua Straße 316, in »Shanghai Shuiyu« (»Polkadot Shanghai«).

Seit ihrer Kindheit geht Jie Jie gerne im Winter auf der Straße spazieren, das erregt sie.
Ihr kommt ein Zeitungsverkäufer entgegen. Sein Mantel hat viele Taschen. In jeder Tasche stecken Zeitungen. In dem Stoß Zeitungen, den er in den Händen hält, gibt es eine gefälschte Ausgabe. Diese Zeitung wird von wer weiß wem selbst hergestellt. Ihr Preis ist derselbe wie der normaler Zeitungen, und sie wirkt auch ganz so wie eine normale Zeitung. Jie Jie hat schon einmal seine gefälschte Zeitung gekauft. Darin gibt es die Horoskope einiger berühmter Schanghaier. Manchmal finden sich darin sogar die Todesanzeigen von diesem oder jenem großen Star. Natürlich sind die Todesanzeigen, die Jie Jie gelesen hat, Falschmeldungen.

Jie Jie geht in einen Laden am Straßenrand.

Ladenbesitzer: Wollen Sie sich nicht setzen? Ich mache Ihnen einen Tee. Ich gehe heute Abend auch nicht aus, freitagabends sind nur ausgeflippte Leute draußen.

Jie Jie hebt eine Spielzeugente hoch.
Sie hebt einen Spielzeugfisch hoch.
Jie Jie: Als ich den *Fluch der Karibik* gesehen habe, habe ich von einem großen Aquarium und einem Salzwasser-Rundbecken geträumt. In diesem Traum bin ich mit meinen Freunden mitten in der Nacht losgegangen, um das Aquarium zu besuchen. Ich habe viele Fische gesehen, Seehunde, es gab viele weibliche Angestellte in schwarzer Kleidung. Zum Glück gab es keine Führung. Ich mag Träume mit Wasser und auch Träume, in denen man fliegt, ich habe schon lange nicht mehr von Wasser und Fliegen geträumt. Weil sich Leben und Traum immer stärker vermischen, musst du alles zweimal machen, nicht am selben Tag, aber du wirst die Dinge, die du erlebst, im Traum erneut durchleben. Manchmal wird es dir sogar ganz natürlich vorkommen, Erlebnisse aus deinem Traum in der Realität nachzuleben.

Ladenbesitzer: Manchmal träume ich Sachen, die dann wirklich eintreffen. Das ist aber überhaupt nicht verwunderlich. Denn alle Herzen sind miteinander verbunden. Wenn man im Traum einigermaßen ruhig ist, spürt man das Herz anderer Menschen. Je mehr Liebe wir entwickeln, desto größer ist das Herz und desto eher spüren wir die Herzen anderer. Deshalb wissen Liebende so oft, was der jeweils andere macht.

Ladenbesitzer: Es heißt, dass deine kleine Schwester auf Ks privater Party eine Überdosis genommen hat …
Jie Jie hebt den Kopf: Sind Sie so nett und sagen Sie allen, dass es so nicht war?
Jie Jie: K veranstaltet schon lange keine Partys mehr. Sie hat ihr Apartment mitsamt den Fotos, die sie auf den Par-

tys gemacht hat, an einen Wirtschaftsprofessor der New York State University verkauft. Ihr Apartment wird schon bald eine Kunstgalerie sein.

Ladenbesitzer: Schanghai erinnert an eine verlassene Insel. Wenn man sich Schanghaier Geschichten anhört, klingt es wie Seemannsgarn.
Jie Jie: Tatsächlich weiß niemand, was sich auf dem Meer wirklich abspielt. Deshalb ist Schanghai das, was der Seemann darüber sagt.

Ladenbesitzer: Hast du gemerkt, dass unser vertrauter Zirkel immer stärker einem Dorf ähnelt? Die Dorfbewohner sind so oberflächlich, so vergnügt. Scheinbar ist jeder ein Star, scheinbar beobachten uns alle Menschen auf der Welt. Und es gibt sogar noch Leute, die gefälschte Nachrichten produzieren.
Jie Jie: In den 1990er Jahren erfand man die Krankheitsbezeichnung »Melancholie«.
Heute erfindet man die Bezeichnung »Geltungssucht«.

Jie Jie: Ich kann nichts mehr sagen, mein Gehirn macht nicht mehr mit.
Ladenbesitzer: Heute ist schönes Wetter, den Tag über scheint die Sonne, und es weht eine Brise. Was ein normales Leben kennzeichnet, ist, dass man viel zu tun hat. Und alles wartet auch darauf, getan zu werden.

4

Samstag, zehn Uhr abends, am Nördlichen Bund, zu Hause.

Ks ehemaliges Apartment.

Die Lichter von beiden Huangpu-Ufern im Stadtteil Jiangpu strahlen ins Apartment, der Himmel vor dem Fenster zeigt sich in einem für Schanghai typischen Plastik-Tagtraum. Der Balkon des Apartments ist direkt dem Fernsehturm »Perle des Ostens« und dem Jin Mao-Tower zugewandt. Dunst verhüllt ihre Spitzen, dieser Abend ist ungebührlich ruhig.

Das Innere des Apartments ist mit Aluminiumfolie ausgekleidet, es sind einige Neonleuchtkästen-Werke des jungen Künstlers Zhao Yao ausgestellt.
Es gibt keine Lampen, nur Leuchtkästen. Auch auf dem Fluss Huangpu fahren gelegentlich ein, zwei Boote mit Neonreklame-Leuchtkästen vorbei.
Einige Mädchen, die sich oft in Mei Meis Spielhölle sehen lassen, plaudern in dunklen Ecken mit Fahrern von Jie Jies Mietwagen-Firma.
Ihre unvergleichlich jungen Gesichter werden mal erleuchtet, mal bleiben sie im Dunkeln.

Mädchen 1: Liebe sollte man nicht definieren. Man sollte nicht viele Regeln aufstellen, nicht so viel hineininterpretieren, es nicht so symbolisch betrachten. Lass deinen Partner nicht wissen, dass du ihn verstehst. Denn nichts ist sicher. Alles sind nur vorläufige Etiketten, die du einigen Erscheinungen verpasst, die nicht wirklich existieren. Liebe ist wie ein kleines Kind, das zugleich absolut grausam und gutherzig ist. Dieses kleine Kind weiß eigentlich alles, aber es möchte lieber alles vergessen. Manchmal ist Liebe, wie wenn du grundlos in der Nacht aufwachst, zum Fenster gehst und einen Vogel erblickst, der um das Gebäude kreist.

Mädchen 1: Liebe ist eine Art von Musik, der es völlig egal ist, was Liebe ist. Davon ausgehend, hat Liebe keine Beschränkung, Liebe ist auch eine unverfälschte Fiktion.

Mädchen 2: Wenn du nur etwas länger über die ganzen Vorstellungen, die man von der Liebe hat, nachdenkst, sind sie doch alle fragwürdig. Deshalb kannst du Liebe nicht in Worte fassen. Zwei Menschen, die sich lieben, stoßen vielleicht irgendwann plötzlich und unerwartet an ihr vorherbestimmtes Ende. Liebe ist unbeständig. Wenn du beispielsweise einen Schritt nicht so gut machst, vernichtest du damit prompt die gesamte schöne Vergangenheit.

Mädchen 3: Liebe wird nicht zwischen Problem und Lösung auftauchen. Liebe ist groß, so groß wie ein Flughafen. »Liebe« ist nicht gleichzusetzen mit »zu lieben«. Alle Liebe führt zu Schmerz. Liebe ist ein Virus. Dieses Virus weiht das Leben dem Tod. Wir müssen uns nur in die Liebe selbst verlieben.

Mädchen 4: Liebe spielt sich im Zeitraum zwischen »Verlieben« und »Verlassen« ab. Und es gibt noch die Momente des Liebeskummers. Wir müssen zu dem Ding, das wir innig lieben oder zu unserem Traum Abstand halten. Denn wenn du den Traum berührst, entschwindet er. Und wenn du ein Ding berührst, erfüllt es deine ganzen Sinne.

Vor Mann 1 steht ein Schwarz-Weiß-Foto mit hellen und dunklen Bildstellen.
Dieses Schwarz-Weiß-Foto hat ein Mitglied des Paparazzi-Teams Zhongsheng aufgenommen. Auf dem Foto ist die Autorin Hong mit dem bekannten jungen schwedischen Revolutionär Joen zu sehen. Sie scheinen aus der Hintertür irgendeines amerikanischen Krankenhauses in Frankreich zu kommen. Joen hat gerade die Hauptrolle im Schanghaier Untergrundfilm »Vorabend der Revolution« gespielt. Obwohl Hong auf dem Foto eine Sonnenbrille trägt, kann man doch ihr aufgequollenes Gesicht erkennen. Das amerikanische Krankenhaus, aus dem sie kommt, ist eine Entzugsklinik. Aber die Haube, die die Krankenschwester neben Hong trägt, ähnelt tatsächlich stark den Hauben, die die Zimmermädchen in den einfachen Schanghaier Hotels tragen.

Mann 1: Der entscheidende Punkt ist, dass Liebende untereinander nicht über Sex sprechen können, Sex ist Tabu. Sie brauchen nur davon anzufangen, und schon ist alles im Eimer.
Mann 1: Zwischen Mann und Frau gehört Vergnügen zum Spiel, wenn man keinen Spaß mehr daran hat, sondern nur Schmerz empfindet, dann sollte man das Spiel erst gar nicht spielen. Und es muss echt sein. Wenn man zu viel gespielt hat, kann es nicht mehr authentisch sein. Man

kann Liebe besitzen, aber nicht festhalten, weil man sich unausweichlich wieder trennt.

Mann 1: Vor Kurzem wurden Hong, die immer Ärger macht, und ihr Freund Saining von der Band »Jedes gute Kind bekommt sein Bonbon« Opfer des Paparazzi-Teams Zhongsheng, das sie mit Stalking und Befragungen ihrer engeren Umgebung extrem dicht beschattete.

Mann 1: Das Paparazzi-Team Zhongsheng bombardierte das Paar mit allerlei bebilderten Enthüllungen über Sainings Affären mit anderen Mädchen und Hongs Affären mit anderen Männern.

Mann 1: Das Paparazzi-Team Zhongsheng ist kein normales Paparazzi-Team. Sie haben eine Sonderstellung, so wie die ein bis zwei besonderen Markennamen, die auf den chinesischen DVD-Raubkopien stehen. Diese Marken haben sich auf amerikanische Schwarz-Weiß-Filme und europäische Kunstfilme spezialisiert und diese authentisch synchronisiert.

Mann 1: In China kannst du alles machen, nur nicht dich selbst verwirklichen. Jeder repräsentiert nur sich selbst, aber wird einfach nicht erwachsen. Das Paparazzi-Team Zhongsheng fordert die Wertvorstellungen der Idioten heraus, das ist sehr wichtig.

In diesen Zeiten der überall lauernden Krisen sind die Menschen überfordert damit, sich um den Fortbestand ihrer materiellen Zivilisation zu kümmern. Immer weniger Menschen fragen sich: »Woher komme ich? Wohin gehe ich?« Sie wissen nicht, dass nur deshalb in dieser Zeit überall Krisen lauern, weil niemand mehr seinem Inneren gegenüber verantwortlich ist, und niemand mehr auf sein Inneres neugierig ist. Daher das ganze Chaos.

Mann 1: Das Paparazzi-Team Zhongsheng ist das einzige Paparazzi-Team, das »Fuck you!« sagen kann. Sie weigern sich, Opfer zu werden. Das Team besteht aus Künstlern und Models mit dem kindischsten, simplen, ungeschliffenen Benehmen, mit dem Gipfel an Schläue und zärtlichen Blicken. Ihre Geltungssucht ist lateinischen Ursprungs, sie haben das Temperament von Banditen, sie sind Punks, und sie fließen vor musischem Talent über.

Mann 2: Das Paparazzi-Team Zhongsheng umarmt diese Epoche, und sie bringen dieser Zeit Aufruhr und Überstiegenheit. Sie haben eine direkte Verbindung zur Wahrheit, aber sie sind überhaupt nicht darauf erpicht, allen die Wahrheit zu sagen. Sie fabrizieren die Stimmung der Öffentlichkeit.

Mann 1: Das Paparazzi-Team Zhongsheng hat es überhaupt nicht auf Geschichten abgesehen wie »Hong und Saining haben Geliebte«. Sie sagen der Öffentlichkeit, dass die beiden proletarischen musischen Jugendlichen, nachdem sie einen proletarischen Untergrundfilm gedreht haben, plötzlich international berühmt wurden. Dann trugen sie kapitalistische Kleidung, tranken kapitalistischen Alkohol, nahmen an kapitalistischen Partys teil und versuchten, kapitalistische Freuden zu verstehen.

Mann 2: Das Paparazzi-Team Zhongsheng zielt auf die komplizierte Geltungssucht von Hong und Saining, es geht mit vielen ausgeklügelten Methoden vor, sorgt dafür, dass die beiden schnell in Verruf geraten, aber vernichtet sie damit nicht. Viele Stars sind wie ein Virus, wenn das Virus zu früh verschwindet, kann man seine Auswirkungen auf die Gesellschaft nicht mehr feststellen.

Mann 2: Das Problem dabei ist, dass die beiden jetzt weder etwas drücken dürfen noch sich betrinken, noch nicht einmal ein Zigarettchen rauchen. Sie kommen gerade aus einem Zustand ernster Selbstverleugnung und Selbstprüfung. Sie wollen jetzt sogar vom exklusiven Wohnpark am nördlichen Bund in den heruntergekommenen Yangpu-Stadtteil ziehen. Aber sie haben den Umzug überhaupt noch nicht vorbereitet. Sie haben nur schon vor Langem diese Entscheidung getroffen. Trotzdem sind sie noch nicht startklar.

Mann 2: Sie sind eitel, überempfindlich, narzisstisch und fühlen sich doch auch minderwertig. Es ist nicht ihr Ruf, der ihnen das eingebrockt hat, auch die kannibalistische Gesellschaft nicht. Tatsächlich waren sie schon immer so. Das erkennen sie plötzlich. Gleichzeitig entdecken sie auch, dass niemand eine gute Idee für sie hat. Weder für das Leben noch für die Kunst noch für die Liebe. Vor allem beginnen sie, Schanghai sattzuhaben. Denn sie treffen, wenn sie abends weggehen, mit Sicherheit niemanden, der auch nur im Entferntesten etwas von einem talentierten Menschen an sich hätte.

Mann 2: Und das Paparazzi-Team Zhongsheng hat just diesen Moment abgepasst, um seine Schmutzkampagne loszutreten.

Mann 2: Vielleicht wollten sie die beiden auch nur auseinanderbringen. Vielleicht haben sie gedacht, dass einer den anderen mit »hinunterzieht«.

5

Nach Mitternacht, im durchgehend geöffneten YY-Café.

Der Schauspieler steht am Eingang vom Ying-Yang-Café mit der Kamera in der Hand.
Der Schauspieler dreht Kenny und den Nachrichtensprecher, der weiter vorne schon einmal vorkam.

Der Nachrichtensprecher und Kenny stehen vor einem schwarzen russischen Auto der Marke Wolga.
Kenny: Tja, das ist meine russische Frau.
Der Nachrichtensprecher lachend: Kenny, deine Frau hat ja was.
Kenny: Als jemand sie gegen einen Toyota Crown eintauschen wollte, habe ich gesagt: »Oh-oh, da bin ich wählerisch!«
Der Nachrichtensprecher lachend: »Was? Einen Toyota Crown für Deinen Wolga – andere wären da nicht so wählerisch!«

Kenny: Weshalb bist du heute gekommen? Wegen dieser Geschichte?
Der Nachrichtensprecher antwortet nicht.
Kenny seufzt: Wie chaotisch!

Im Erdgeschoss des YY-Cafés.
K sitzt dort mit einigen Freunden.
Die Nachbartische sind belegt.
Im YY-Café gibt es YY-Musik.

K und der Nachrichtensprecher blicken sich an.
K: Schon wieder du. In den letzten zwei Tagen trifft man dich ja täglich. Ich habe echt niemanden umgebracht!

Der Nachrichtensprecher und Kenny beachten K nicht.

Sie setzen sich, während sie aus dem Fenster schauen.
Vor dem Fenster läuft ein Mädchen vorbei, das ein Buch liest.
K lächelt.
Unerklärlich lächeln alle drei für eine Weile in das Objektiv des Schauspielers.

K zum Nachrichtensprecher: Wie sind Sie denn vom Nachrichtensprecher zum Polizisten mutiert? Wessen Idee war das?

Der Nachrichtensprecher-Polizist zu K: Was glauben Sie als Verdächtige denn?
K: Ich wage es nicht mehr, mich in Typen zu verlieben, die schon vergeben sind.

Da schaltet sich der junge Franzose Franck vom Nachbartisch ein: Merk dir, wenn du dich in einen Kerl verliebst, der schon eine Freundin hat, dann denke erstens nie an sie und frage ihn zweitens nicht »Warum?«

K: Nicht an sie zu denken? Unmöglich!

Draußen läuft ein Italiener telefonierend auf und ab. Drinnen reden ein paar Leute über ihn.

K: Dieser Italiener ist Mei Meis Geliebter. Mei Mei mochte es, ihn ihren italienischen Trottel zu nennen. Dieser italienische Trottel konnte ihr stets eine fürchterliche Szene machen. Einmal zum Beispiel kniete er vor aller Augen vor Mei Mei nieder, genau hier, damals war es Sommer.
Später kriegte der Schauspieler das spitz. Der Schauspieler sagte ihr, dass das YY's ein Ort sei, an dem solche Dinge passieren könnten. Du kannst ihn dich von den Füßen bis zur Möse küssen lassen, aber auf gar keinen Fall darf er dein Herz erobern.
Dieser Typ hat nur Partys und Arbeit im Kopf, schläft sicher nicht besonders, er bekommt keine »vollkommene« Liebe hin.

Das italienische Mädchen Anto: Metrosex, kalter Sex.
K: Nein, er ist heißblütig, überhaupt nicht kalt!

Der Amerikaner Eric: Babe, wenn du einen Mann ins Bett kriegen willst, schleppst du ihn besser vor zwei Uhr morgens nach Hause ab. Glaub nicht, dass ein Mann, der mit dir bis morgens um fünf getrunken hat, noch mit dir schlafen wird.
Anto: Merk dir, wenn sich zwei wirklich lieben, wird ihr Sex niemals perfekt sein.
Anto: Die meiste Zeit, wenn ich an Sex denke, denke ich, dass jemand mir kochendes Wasser in meine offene Wunde gießt, Sex macht mein Leben immer kaputt.
Ein Mann: Wenn ich lange keinen Sex hatte, fühle ich mich wie ein Außerirdischer und weiß nicht mehr, wie ich mit anderen Menschen in Kontakt treten kann.

K: Der Schwanz hat keine Augen, kein Gedächtnis. Je größer der Schwanz, desto kürzer sein Erinnerungsvermögen!

Dann fürchtest du also, wie ein Tisch keinen Sexualtrieb zu haben, oder? Und du glaubst, das lässt dich wie einen Außerirdischen aussehen? Wie kannst du nur so intellektuell sein? Lange keinen Sex zu haben oder keinen Sex zu wollen oder keinen Sex machen zu können – glaubst du nicht, dass das die normalste Sache der Welt ist?

78 K: Intellektuelle fürchten sich oft davor, dass andere denken könnten, sie seien impotent.

Manchmal legen wir so viel Wert auf unsere eigenen Gefühle, dass wir vergessen, sie auszudrücken.

Alle Männer, die mit mir etwas haben, haben beim Sex Probleme, wenn es nicht dieses Problem ist, dann ein anderes. Aber ich habe die Männer, die beim Sex Probleme haben, immer noch am liebsten, weil sie alle Leidenschaft haben.

Der Vietnamese Duc: Ich denke, Menschen müssten ihr Leben auf den Kopf stellen, erst sterben, danach weißt du schon alles, was du später erfährst, schließlich kehrst du in den Körper deiner Mutter zurück. Wenn du z. B. Kaffee trinkst, schläfst du schon, wenn du jemanden umbringst, lebt er wieder, wenn du gerade etwas gelernt hast, hast du es schon wieder vergessen, du isst etwas und bist hungrig, du bist betrunken und trinkst danach, du kommst zum Höhepunkt und hast danach Sex. Hast du auch schon gemerkt, dass du umso mehr Geld brauchst, je älter du wirst? Deshalb brauchst du in diesem auf den Kopf gestellten Leben immer weniger Geld, du musst immer weniger Schulden abzahlen, du bist frei.

Silvester See, ein Rocker, kommt herein.
K: Was für ein Glück, einen Rocker zu treffen, dieser Tage habe ich die DJs einfach über, die sind ja überall.
S: Das ist nur so, weil die großen Rockstars alle schon tot sind.

Mario der Zauberer beginnt, seine Tricks vorzubereiten.
Er trägt einen hübschen kleinen Oberlippenbart, seine Frisur und seine Schuhe sind viereckig. Er ist der König des Grotesken.
Wenn er gut gelaunt ist, gibt er für alle eine kleine Vorstellung, du kannst ihn aber nicht einfach jederzeit darum bitten.

Er leiht sich vom Italiener 100 Yuan.
Nach weniger als einer Minute sind die 100 Yuan in seiner Hand zu 5 Yuan geworden.
Der ganze Saal klatscht.
Und nach noch mal einer Minute sind aus den 5 Yuan wieder 100 Yuan geworden.

Es gab einmal einen Schanghaier Untergrundfilm über Mario-Solala, der zeigte, wie er an allerlei Orten seinen Trick mit den 5 Yuan, die zu 100 werden, und wieder zu 5, aufführte.

Der Trick mit der Verwandlung des Geldscheins lässt den Italiener verzückt auflachen, er klatscht in die Hände und bestellt einen Flamingo Lamborghini.

Er leert sein Glas schnell, er trägt eine unverwechselbare Mütze, er sieht gerade wie ein Jäger aus, der einen wunderschönen und verdorbenen Morgen ankündigt.

Als er herkommt und sich von K verabschiedet, sagt er ihr ins Ohr, während er sie küsst: Jedes Mal wenn ich dich wiedertreffe, erschlägst du mich aufs Neue.

Mario der Zauberer: Mit dem Sex projizierst du deine Träume auf einen anderen Menschen.
Mario der Zauberer: Verzaubere ich dich einmal, ist das Unterhaltung, zweimal, so ist das Erziehung.
Mario der Zauberer: Ich will meinen Körper der Science-Fiction weihen!

80

Die Schauspielerin, die gerade mit dem Rauchen aufhört, gibt ein Interview an der Bar.

Die Schauspielerin, die gerade mit dem Rauchen aufhört: Ich habe bisher alle Anstrengung darauf gerichtet, das »Tor der Perzeption« zu öffnen.
Jedes Mal will ich mit aller Macht die Extreme auskosten. Ich glaube an ewig junges, wildes Leben mit wechselnden Partnern, das sich jeder Beschreibung entzieht.
Ich bin das Mädchen geworden, das ich immer schon werden wollte. Dieses Mädchen genießt auf eine noch coolere Art als der Mainstream Ruhm und allerlei Privilegien.
Die Schauspielerin, die gerade mit dem Rauchen aufhört: Aber eines Tages habe ich begonnen, einzuknicken. Denn ich wollte unter keinen Umständen abends rausgehen und jemandem begegnen, der auch nur den Anschein erweckte, Talent zu haben. Unsere gesellschaftlichen Kontakte hätten bestimmt Probleme gemacht.
Ich denke, wir haben ein sehr begrenztes Verständnis von dieser Welt.

Die Schauspielerin, die gerade mit dem Rauchen aufhört: Drogen sind eine Art Leben. Sie sind genauso uninteressant wie das Leben an sich.
Die Schauspielerin, die gerade mit dem Rauchen aufhört: Es gibt einen amerikanischen Bestseller, in dem ein Arzt von seiner Erfahrung berichtet, als er mehr als zehn Minuten klinisch tot war und dann wiederbelebt wurde. In seiner Nahtoderfahrung entdeckte er, dass die Lebenden einen Heiligenschein trugen, ganz anders als die Toten. Er sah seinen Freund in der Kneipe trinken, und viele »Unmenschen« raubten ihm den Alkohol aus den Gläsern. Als sein Freund betrunken wurde, bekam sein Heiligenschein Risse und viele »Unmenschen« bohrten sich in sein Gehirn. Ich finde, das ist eine Horrorgeschichte. Ich denke, wir müssen uns alle prüfen und ändern. Tabak und Alkohol und alle Drogen hindern uns daran, zur Einsicht zu gelangen. Und ich will unbedingt klug werden. Ich denke, dass dies der Schlüssel ist, wir müssen Nahtoderfahrungen wissenschaftlich auswerten. Wir müssen wissen, was der Tod letztendlich ist. Wir müssen das wie eine eigene Disziplin untersuchen und erforschen. Wie verläuft der Prozess des Sterbens? Auf welche Situationen treffen wir vor und nach dem Sterben? Wenn wir verstehen, was das Sterben eigentlich ist, verändert sich vielleicht der Blick auf alle Dinge fundamental.

Franck dreht sich eine Zigarette und schaut ins Objektiv des Schauspielers.
Franck: Jie Jie, Mei Mei, die Sponsorin, du, ihr passt perfekt in die Atmosphäre von Mord und Totschlag. Und manchmal kann man diese Atmosphäre auch in der Stadt spüren. Jedes Jahr, immer kurz vor Neujahr, fühle ich den Tod nahen. In Wirklichkeit ist Schanghai eine der sichers-

ten Städte der Welt. Auch wenn die meisten Schanghaier Taxifahrer nicht besonders gut Auto fahren können, geben sie mir doch ein Gefühl der Sicherheit, ein Gefühl, zu Hause zu sein.

Franck: Alle glauben daran, dass sie, wenn sie sich trennen würden, sofort sterben würden. Und zwar nicht wirklich sterben, sondern auf eine besondere Art, die viele Jahre dauert und die erweisen wird, dass die Liebe, an die sie geglaubt haben, gar nicht existierte, sondern eine Wunschvorstellung war.

Anto: Einmal wollte sie vor seinen Augen aus dem Fenster springen. Er gab ihr einen Stoß, sodass sie sich weinend an ihn klammerte. Sie sagte, sie habe sich geirrt.
Anto: Sie konnten unter sich keine solchen Spiele spielen, dazu waren sie zu ernsthaft.

Franck: Mei Mei war tatsächlich nicht oberflächlich, aber sie zeigte allen immer ihren kapriziösen Teil. Ich liebe Mei Mei wirklich. Sie hatte süßes Blut. Sie musste ja sterben. Das letzte Mal, als wir alle sie sahen, war, als sie mit Jie Jie die Wansheng-Feiertags-Party von ABC verließ.

K: Sie wusste tief im Inneren, was immer auch passieren würde, wie viel sie auch immer erreichen sollte, das, was letztlich von ihr übrig bleiben würde, wären nicht ihre echten inneren Empfindungen, sondern der Eindruck, den sie bei anderen hinterlassen hätte.

Franck: Frauen schaffen Gesetze, Männer Verträge.
Anto: Ich denke, du warst niemals Anwalt.

Sprecher-Polizist: Manchmal war es ihr völlig egal, wenn der Schauspieler mit anderen Mädchen flirtete. Manchmal konnte aber auch direkt eine Mineralwasserflasche fliegen.

K: Der Schauspieler verstand ihre Sehnsüchte. Was auch immer passierte, wie große Verletzungen sie auch erlitten, wie auch immer sie innerlich gedacht haben, sie hätten beide keine Verzweiflungstat begangen. Sie waren nie so dumm, den gemeinsam aufgebauten Mythos ihrer Liebe zu zerstören.

Anto: Er wirkte, als wäre er von ihr modelliert, es schien, als ob er auch ohne sie mit anderen nicht mehr anders sein konnte.
K: Nein, so war es nicht. Er ist sehr stark. Sie waren beide sehr stark.
K: Ich denke, die beiden hatten beim Sex bestimmt Geheimnisse, diese Geheimnisse teilten nur die beiden.

K: Ich habe gehört, dass sie sowohl beim Sex als auch in der Liebe sehr hingebungsvoll waren. Aber ich verstehe nicht, wie sie das sein konnten.

Franck: Wenn man sich liebt, ist alles möglich, wenn man sich nicht liebt, nichts.
Kenny nimmt seine 8-Millimeter-Kamera und filmt langsam die Menschen an allen Tischen, die Kamera surrt.
Er muss seine Filme in Russland bestellen, deshalb nimmt er die Leute immer mit einer leeren Kamera auf.

6

84 *Sonntagmorgen um drei Uhr. In der Nähe des Trinkwasser-Museums.*

Der Sprecher-Polizist steigt am Trinkwasser-Museum aus.
Er will zu Fuß nach Hause gehen.
Der Schauspieler folgt ihm die ganze Zeit und filmt ihn mit einer kleinen Kamera.
Der Sprecher-Polizist fühlt sich gerade bei YY's ein wenig unwohl. Er mag es nicht, von einem Haufen Menschen angeschaut zu werden, er fühlt sich in einer Menschenmenge unsicher.

Den Polizisten oder den Sprecher zu geben ist nicht dasselbe. Kriminalromane berichten nicht vom Begehen eines Mordes, sondern von der Wiederherstellung der Ordnung. Heute hat er extra eine Brille aufgesetzt, im Streben nach Perfektion, um den Teil in ihm zu verbergen, der vor Ausdruckskraft strotzt. Er denkt, dass jeder Körperteil eines Schauspielers, inklusive der Stimme und der Rollentext ein Teil des Schauspiels sein solle. Nur nicht die Augen. Diese müssten nicht in jeder Szene verwendet werden. Stattdessen sei manchmal der Körper zu verwenden, manchmal die Stimme, und erst mit dieser Variabilität sehe man gut aus.

Er verliert sich nie in seiner Rolle, ist sich stets bewusst, dass alles ein Spiel ist, muss die Rolle kontrollieren.
Eine Rolle ist kein Kleidungsstück, sie ist ein Ausdruck des Selbst im Spiel.

Auf den Gesichtern guter Schauspieler darf es keine Zukunft geben, sie dürfen nur die Gegenwart, den jeweiligen Augenblick spielen.
Freilich kennen sie das Ende, aber sie dürfen es in diesem Augenblick nicht verraten.

Beim Regieführen geht es eigentlich nicht darum, wie man andere Menschen führt, sondern sich selbst.
Gute Regisseure sagen den Schauspielern nicht, wie sie es machen sollen, nur woran sie dabei denken sollen.
Die Massen wollen am liebsten das Innenleben des Schauspielers sehen.

Das Haus des Polizisten ist eine frei stehende, exzentrische Villa.
Exzentrisch, weil es kaum zu glauben ist, dass eine alte Villa so dicht und unerwartet am Ufer des Huangpu-Flusses klebt.
Und hier in dieser Gegend ist es das einzige Gebäude; der Polizist hat keine Nachbarn.
Dieses Haus gehört zu einer Schanghaier Mao Tiao-Teefabrik.

Am Kai hat ein Lastkahn festgemacht, so dicht, dass man glaubt, ihn mit der Hand berühren zu können.
Hier scheint nicht Schanghai zu sein. Hier scheint einer der wenigen Orte zu sein, an denen der Bund noch nicht erschlossen ist.

Der milchige Schein der Kaibeleuchtung erhellt die Küche des Polizisten.
Nachdem er eingetreten ist, macht er noch nicht das Licht an, sondern sucht sich einen Schemel und setzt sich.
Es ist still, die Szene vermittelt ein Gefühl von Frieden.

Der Polizist ist in den Wohnparks der alten Schanghaier Häuser im westlichen Stil aufgewachsen.
Darum sinnt er immer still und gedankenverloren vor sich hin.

Er kann seinen Druck und Stress nicht zeigen.
Er hat Schwierigkeiten, sich auszudrücken.
Seine Gefühle auszudrücken scheint ihm kaum notwendig, vielmehr unnötig und äußerst unnütz.
Deshalb kann er sich gut in Filme denken, in denen einer nicht in den anderen hineinschauen kann.
Er mag besonders ruhige Filme.
Filme, in denen die Figuren beständig wiederholt dasselbe machen, sich die Botschaften, die Besonnenheit und Stille übermitteln können, bis zum Extrem entfalten.
Der Film ist eine Landschaft der Gedanken.
Mit Licht und Schatten beschreibt er die Hoffnungen und Verzweiflung der Figuren.

Der Polizist ist bereits eingeschlafen, als das Geräusch eines sich nähernden Autos zu hören ist.
Es klopft an der Tür.

ABC steht draußen. Das Mondlicht besprenkelt ABCs Gesicht, der Polizist riecht Champagnerduft. Einigen Mädchen steht ihr Schicksal ins Gesicht geschrieben, sie suchen verzweifelt die wahre Liebe, am Ende rennen sie doch in ihr Unglück.

Polizist: Hallo.
ABC: Hi.
Polizist: Willst du reinkommen?
ABC: Nein, es ist zu spät.

ABC: Alle sagen, schwarz verleiht mir einen edlen Touch.
ABC: Ich denke, diese Noblesse kommt von meinem zerbrochenen Herzen!
Polizist: Hm.

ABC: Ich komme nur, um Ihnen etwas zu sagen.
Polizist: Hm.
ABC: Über den Schauspieler und seine Freundin.

ABC schaut auf den Kai.
Er folgt ihrem Blick.
Da ist niemand.

Polizist: Hm.
ABC: Ich komme gerade von JZ, wo ich Coco gesehen habe.

Polizist: Wollen Sie wirklich nicht hereinkommen und sich ein wenig setzen?
ABC: Es hat sie eigentlich gar niemand umgebracht.
Polizist: Hm.
ABC: Mei Mei hat sich ganz allein entschieden zu gehen. Ich will damit sagen, ihr Körper ist nur eines ihrer Kleidungsstücke, und ihr wirkliches Selbst, jene 21 Gramm, sind von selbst gegangen. Es hat sie niemand ermordet.
Polizist: Hm. Eigentlich sind wir alle Touristen, bewohnen nur vorübergehend dieses Leben und diesen Körper.

ABC: Sie und der Schauspieler sind Rohentwürfe der zukünftigen Menschen.

ABC: Sie waren perfekte Liebende. Wenn man ihre beiden Gesichter genau studierte, waren sie nahezu identisch. Ich bin in dir, du bist in mir, eine Frau mit dem Gesicht eines Mannes und ein Mann mit dem Gesicht einer Frau. Wenn sie sich nur in die Augen sahen, entstand Freude, Licht und Charme. Wenn sie sich gegenseitig rochen, konnten sie die Liebe des anderen wahrnehmen. Im Traum waren

sie beieinander. Wenn sie sich andere Liebende anschauten, die die Begierde quälte, war es ihnen, als sähen sie ein Kind, das mit dem Spielzeug spielte, oder einen kleinen Hund, der an einem Knochen nagte.

ABC: Aber sie waren nicht fest zusammen. Deshalb waren sie ein in ständiger Veränderung befindlicher Rohentwurf zukünftiger Menschen.

Der Polizist starrt sie mit großen Augen an.
Sie schaut den Polizisten ebenfalls mit großen Augen an.
Der Klang ihrer Stimme erinnert an das Zerschlagen einer Flasche um Mitternacht.

ABC: Die wahre Geschwindigkeit kann man nicht sehen, wie wenn Wind aufkommt und die Wolken sich zusammenballen, die Sonne sinkt und der Mond aufsteigt, so wie du nicht weißt, wann die Blätter auf den Bäumen gelb werden, wie du auch nicht weißt, wann du dich in jemanden verliebst.

Polizist: Wollen Sie wirklich nicht reinkommen und sich eine Weile setzen?

ABC: Nein. Ich muss los, der alte Tan wartet im Auto auf mich. Ich wollte Ihnen nur sagen, dass Sie die Ermittlungen in dem Fall einstellen sollten. Wirklich! Das würde zu viele Leute mit hineinziehen.
ABC: Das würde sie zu tief hineinziehen.

Polizist: Hm. Ich verstehe.
Polizist: Das ist so, wie einige Menschen sich nie bei einer Verabredung verspäten würden. Und andere sind stets zu früh da. Die, die zu früh da sind, sind zukünftige Menschen.

ABC bleibt dort stehen, schaut den Polizisten an und dann das Auto, das weit entfernt geparkt war.
ABC: Das meinte ich nicht.
ABC: Ich wollte sagen, dass die beiden vielleicht Produkte irgendeines Versuchslabors sind!
Beide schwiegen eine Weile.
ABC schaut woanders hin: Er hat mir gesagt, ich sei eine Prinzessin der Kunst. Er gab mir immer das Gefühl, eine Prinzessin zu sein. Er könnte mir nie etwas zuleide tun. Wenn ich eine Prinzessin bin, erscheinen mir alle Menschen als Prinzessinnen.
Polizist: Aber warum ist Ihr Herz gebrochen?
ABC weint: Weil ich plötzlich fühle, dass ich ihn nie gekannt habe!

ABC: Ich dachte immer, er und ich seien Spiegel, die einen anderen Spiegel erblicken.
Wenn ich mit ihm zusammen war, war das der Schatz meines Lebens. Zusammen mit ihm war ich glücklich. Die unzähligen Erinnerungen mit ihm machen mein Leben wunderschön.

ABC: Aber jetzt liebe ich ihn überhaupt nicht mehr. Eigentlich wusste ich noch nie, wer er ist. Er ist ein Fremder, wir haben uns auf der Straße kennengelernt, er hat mich eingeschüchtert.

Polizist: Wollen Sie wirklich nicht eintreten und sich kurz setzen?
ABC: Ich gehe nicht hinein, ich muss gehen, Tan wartet noch im Auto auf mich.

90 Der Polizist legt sich wieder schlafen.
Einige Tropfen Mondlicht besprenkeln das Gesicht des Polizisten, der an ein Armani-Model erinnert.
Im Geist des Polizisten verlassen Mei Mei und Jie Jie unzählige Male die Party von ABC.

Er hatte einmal eine feste Freundin gehabt, die er mit 19 kennenlernte. Sie hatten nur sich. Sie lernten zusammen die Liebe. Er hatte darüber nie mit jemandem gesprochen, weil er es nicht als notwendig empfand. Er las noch nicht einmal Liebesgeschichten. Aber nachdem sie sich im letzten Jahr getrennt hatten, konnte er täglich mit den Menschen in seiner Umgebung über Liebe sprechen, weil er anscheinend in eine schwierige Lage geraten war. Denn offenbar war alles, was er bis dato von der Liebe verstanden zu haben glaubte, eingestürzt.
Früher, als er noch mit seiner Freundin zusammen war, hatten sie einen guten Freund. Dieser gute Freund mochte es immer, sie heimlich zu beobachten, etwa wenn sie zusammensaßen und sich unterhielten. Oder er versteckte sich hinter der Tür und beobachtete die beiden, wie sie Händchen haltend den Flur entlanggingen. Der Polizist fragte ihn, warum er das tue. Er sagte, dass ihm beide wie

aus einem Märchen zu stammen schienen, wunderschön und glücklich: ›Das musste ein Märchen sein.‹
Nach ihrer Trennung sagte dieser Freund zum Polizisten: Ihr zwei wart zu unschuldig und schön, ihr wart wirklich wie dem Märchen entsprungen, aber Märchen sind in dieser Welt falsch, diese Welt ist keine märchenhafte Welt. Jene unschuldige Liebe, jener ewige Traum vom Glück und idealem, simplem Selbstvertrauen existiert seitdem nicht mehr.

Der Polizist denkt, alle Liebe müsse gleich sein. Es war eine ruhige Annahme, ein tiefschürfendes Gebet. Liebe ist nicht lieben, Liebe ist ein Virus, sie kommt und geht wie eine Grippe, alle Liebe führt zu Schmerz.

Der Polizist denkt, auch die Liebe zwischen dem Schauspieler und Jie Jie hätte ein Märchen sein können, wenn nicht der Neid von Mei Mei gewesen wäre. Wenn Mei Mei nicht eifersüchtig auf K gewesen wäre, wenn sie nicht neidisch gewesen wäre, dass der Schauspieler Ks Hand umfasste und mit ihr schlief, so könnten sie sich immer noch sehr bequem lieben. In diesem Märchen hätte niemand auf den anderen eifersüchtig sein dürfen. Egal ob gut oder schlecht, alle müssen Hoffnungen und Zweifel überwinden.

Der Polizist erinnert sich daran, wie er vor vielen Jahren mit seinem besten Freund auf dem Schulhof in der Sonne gestanden und auf eine platanenblättrige Sterkulie in der Ferne gezeigt hatte – dieser Sterkulienbaum, der prächtige weiße Blüten trug, sei seine Geliebte, hatte er gesagt.
Der Polizist glaubt noch daran, dass es zwischen Männern und Frauen echte Gefühle gibt, dass ein Mensch einem

anderen unschuldige Gefühle entgegenbringen kann, warme, wunderschöne, erfüllt von guten Absichten. Er glaubt daran, deshalb beschwert er sich nicht, dass es in der Welt keine echten Gefühle mehr gebe.

Aber das ist sie einfach nicht, die Liebe. Die Liebe ist eine sehr radikale, große Vorstellung, Liebe ist deshalb so schwach, weil sie selbst aus der Einbildung geboren wird, es gibt nichts, womit man sie überprüfen kann. Deshalb musste Mei Mei sterben.

Der Polizist denkt auch: Brauchen wir die Liebe wirklich so sehr? Brauchen wir Gefühle zwischen Männern und Frauen? Wenn wir ein Lied über verletzte Gefühle hören, wenn wir gerade allein in den Tag hineinleben und uns dann plötzlich an die Jugend erinnern, dann brauchen wir anscheinend besonders die Liebe. Genau wie ein Nikotinsüchtiger leiden wir unter Entzug und wollen so sehr eine Zigarette der Marke Liebe, aber wenn wir essen, schlafen und arbeiten, brauchen wir jenes Gefühl, das unser Herz schneller schlagen lässt, anscheinend gar nicht mehr so sehr, diesen Lebenshauch, der unser Blut in Wallung geraten lässt. Wenn wir essen, brauchen wir vielleicht einen Menschen, der uns glücklich macht, der sich mit uns unterhält. Beim Schlafen hoffen wir vielleicht, dass es jemanden gibt, der uns in den Armen hält, beim Arbeiten brauchen wir die Gewissheit, dass es da jemanden gibt, der nach Feierabend mit uns einen Film schauen geht, so ein Mensch mag uns Antrieb im Leben sein. Dann entdecken wir, dass es einen Menschen gibt, der diese drei Bedürfnisse alle befriedigen kann, folglich denken wir, »dieser Mensch ist gut«, und schon sind wir mit ihm zusammen.

Einige Tropfen Mondlicht besprenkeln das Gesicht des Polizisten, der an ein Armani-Model erinnert.

Im Geist des Polizisten verlassen Mei Mei und Jie Jie unzählige Male die Party von ABC.

Jie Jie hat Mei Mei umgebracht, weil sie unersättlich ist.
K hat Mei Mei umgebracht, weil sie betört ist.
ABC hat Mei Mei umgebracht, weil sie überheblich ist.
Die Sponsorin hat Mei Mei umgebracht, weil sie sie hasst.
Mei Mei hat sich umgebracht, weil sie eifersüchtig war.
Noch präziser gesagt, entdeckte der Polizist bei ihnen allen gleichzeitig Unersättlichkeit, Betörtheit, Überheblichkeit, Hass und Eifersucht.
Die Arbeit der letzten Tage resümierend, sprudelt im Herzen des Polizisten ein zartes Gefühl hervor, das brennt und Menschenherzen beinahe zerspringen lassen kann.
Als Polizist ist er zu gut aussehend und zu feinfühlig!
Ihm ist zum Weinen zumute.
Er kann unmöglich weiter starrköpfig daran glauben, dass die Liebe der beste Schutz im Leben ist, weil es in der Realität anscheinend genau andersherum aussieht.

7

94 *Sonntag, nach vier Uhr frühmorgens, auf der Dongdaming-Straße, im Auto.*

Der Blick durchdringt die Augenwimpern wie der Sonnenstrahl allmählich die Dunkelheit, die Wimpern wirken wie helle Zigarettenasche.
Manchmal ist das winterliche Schanghai vor dem Morgengrauen unerwartet schwarz-weiß.
Jie Jie fährt, der Schauspieler sitzt neben ihr, in der Hand die Videokamera.

In einiger Entfernung halten einige Jugendliche, deren Gesichter nur undeutlich zu erkennen sind, beim Laufen ein gigantisches Werbeplakat hoch.
Auf dem Schild steht: Andy Lover.

Jie Jie spielt im Auto Mumas Klavierfassung von *Feifei run*.

> Wenn er wirklich existierte
> wollte ich versuchen ihn zu bitten
> mir eine Garantie zu geben
> immer an deiner Seite zu sein

An einem Ort, den du sehen kannst
mit der Kraft, dich zu küssen
mit meinen unmelodischen Lyrics
dich wärmen
und die ganze Reise.

Feifei run ...
Feifei run ...

Mu Ma, *Feifei run.*

Jie Jie: Ich sehe im Traum Dinge, die dann tatsächlich passieren. Das ist aber nicht wirklich merkwürdig. Denn in der Tat sind unser aller Herzen verbunden. Wenn ich im Traum ganz still bin, fühle ich ganz natürlich die Herzen anderer. Je mehr Liebe wir haben, desto größer ist unser Herz. Je größer unser Herz ist, desto besser können wir die Herzen anderer fühlen. Daher wissen Liebende oft, was der jeweils andere gerade macht.

Schauspieler: Wir können nicht erraten, was Mei Mei gerade denkt. Aber wenn wir an sie denken, weiß sie es, sie kann unsere Herzen lesen.
Jie Jie: Was hast du gefühlt, als du erfuhrst, dass sie einen Geliebten hatte?
Schauspieler: Ich war sehr eifersüchtig.
Schauspieler: Aber weil die Magie zwischen uns weiterbestand, konnte sie es schaffen, dass mir das nichts ausmachte. Sie konnte in unserer Liebe reisen, sie konnte mit und ohne unsere Liebe auf Reisen gehen. Wenn es denn nun passieren musste, so hoffe ich, dass sie ganz vergnügt die Wahrheit erkennen konnte, die im Augenblick des Betrugs an mir enthalten war, und dies ist schließlich weitaus wichtiger als irgendein Mann und irgendeine Liebe.

Die Stimme des Schauspielers ist ein bisschen rau: Egal mit wem, egal wohin sie geht, ich hoffe, dass sie in der Liebe immer ein »besonderer« Tourist bleibt.

Jie Jie: Siehst du dort? Das sieht aus wie ein Ort der Trennung.
Schauspieler: Was soll das heißen?
Jie Jie: Nur so ein Gefühl. Es sieht wie ein Ort aus, an dem man sich trennt oder an dem man sich das erste Mal begegnet.

Jie Jie: Ich glaube, dass die meisten Menschen vor der Trennung bereits betrogen haben oder wurden.
Schauspieler: Ich würde dann wählen, erst nach der Trennung betrogen zu werden.
Jie Jie: Du bist gut!

Jie Jie: Denkst du, dass »fucking around« eine Art von Betrug ist?
Schauspieler: Sag das doch nicht so anstößig! Ja, ich denke schon. Aber für reife Menschen gilt das wohl nicht.
Schauspieler: Wir sind übereingekommen, dass wir andere Geliebte haben dürfen, wir müssen nur das Gefühl haben, dass es richtig ist. Die Regel lautet, dass es danach zwei Vorgehensweisen gibt. Die erste ist, es dem anderen sofort zu sagen, der andere darf eifersüchtig sein, aber darf deshalb nicht die Trennung verlangen. Die zweite ist, es dem anderen nicht zu sagen, aber dann muss man es auch schaffen, es dem anderen niemals zu sagen. Wenn man es nicht schafft, muss man sich trennen.
Jie Jie: Was ist denn das für eine »fucked up«-Regel?
Schauspieler: Wir sollten uns alle ehrlich gegenübertreten. Aber das Unheilvolle dabei ist, dass man so gelegentlich ein Opfer produziert.

Jie Jie: Eine solche Verbindung wie die eure ist echt gefährlich, weil es jederzeit ein Opfer geben kann. Ihr müsst wissen, ihr besitzt beide das Leben des anderen. Was die Liebe angeht, so gebt ihr dem anderen Macht, erlaubt dem anderen, euch jederzeit zu liquidieren.

Schauspieler: Was du sagst, bezieht sich nur auf den schlechtesten Vertrag der Liebe.

Schauspieler: Wenn ich eine andere habe und Mei Mei immer noch liebe, sie glücklich mache, dann fehlt ihr auch nichts. Nur wenn die Geliebte meine Aufmerksamkeit von Mei Mei ablenkt, dann wird sie sich unwohl fühlen. Wenn ich sie dann auch noch belüge, wird sie verletzt sein. Grundsätzlich ist das meine Sache, das muss ich mir klarmachen. Wenn mich die Geliebte glücklich machen will und mir Kraft gibt, schließt das Qualen nicht aus. Und ich sollte mit ihrer beider Hilfe kein schlechtes Gewissen haben. Allgemein gesagt ist Liebe etwas Gutes.

Schauspieler: Die Eifersucht kann zwei Liebende sich gegenseitig manipulieren lassen, es ist eine Gefühlslage, die bereits intim, aber schmerzhaft ist. Wenn wir in Sex und Liebe verstrickt sind, können wir unbewusst den Menschen, mit dem wir am intimsten sind, verletzen. Aber niemand will doch wirklich den anderen liquidieren!

Jie Jie: Wer weiß.
Schauspieler: Man muss nur gut zu seinen Partnern sein, hoffen, dass sie glücklich sind, dann wird es nicht wehtun. Aber sobald man an sich selbst denkt, tut es weh.

Jie Jie: Egal ob Männer oder Frauen, ihre Körper sind

nichts anderes als ein Haufen Dreck. Ihre Gefühle ändern sich jede Zehntausendstelsekunde, sie lassen sich vom Wind treiben und sind unbeständig. Stürzt man sich hinein, erkennt man sie als Narretei.

8

Sonntagmorgen, Nördlicher Bund, zu Hause.

Bei Tagesanbruch, im ehemaligen Apartment von K.
Hier gibt es jetzt Partys ohne Alkohol, meistens am frühen Morgen.
Manchmal legt DJ Bobby auf.
Manchmal tritt das Geigengenie Peng Fei auf.
Der Schauspieler ist allein in einem Zimmer, in dem es eine Leinwand gibt, den Sonnenschein im Rücken.
Er trägt eine Sonnenbrille und telefoniert gerade mit K.
Die Marke seiner Sonnenbrille ist »All the lies«. Der Markenschriftzug ist umrahmt von Gothic-Mustern. Auf dem Arm trägt er auch ein Tattoo in dieser Art.
Er mag es, die Sonnenbrille aufzusetzen, wenn er alleine im Zimmer ist. Sein Ich, das eine Sonnenbrille trägt, ist sein Idol.
K am anderen Ende der Telefonleitung sitzt auf dem Sofa.
Wenn sie nach Hause kommt, nachdem sie einen Abend lang getrunken hat, mag sie es, mit einer Dose japanischem Bier beim Film »Der Pate« einzuschlafen. Nur dann trinkt sie Bier.
K: Wie möchtest du das Begräbnis filmen?

Schauspieler: Seit der letzten Aussöhnung hat sie niemals mehr »Ich liebe dich!« gesagt.
Schauspieler: Sie sagte, sie werde erst im Moment meines Todes wissen, ob sie mich liebe. Bis dahin sollten wir uns wohlfühlen.
K: Wenn sie dich liebt, spürst du es. Alle Menschen spüren es.

Der Schauspieler schaut aus dem Fenster, das Wasser des Huangpu-Flusses glitzert im Sonnenschein in unzähligen goldenen Strahlen herauf.
Der Schauspieler trinkt eine Flasche Hustensaft.
Schauspieler: Wenn ich den Hustensaft herunterschlucke, ist das ein Gefühl in der Kehle wie bei einer Trennung.
Schauspieler: Wenn das Herz bricht, tut es überall weh, ich weiß überhaupt nicht, welches Stück des Herzens gebrochen ist, es fühlt sich an wie ein angeknackster Teller: unendlich viele kleine Risse.

K: Wir werden alle irgendwann sterben. Was wäre, wenn wir jetzt stürben, wie wäre dann alles? Der Tod kann jederzeit kommen, egal aus welchem Grund.
Schauspieler: Alle waren zu lange zu glücklich! Es scheint uns, als wären wir unsterblich, und doch ist es sehr einfach zu sterben, schön und heldenhaft.
Schauspieler: Wir müssen den lebenden, unversehrten, makellosen Menschen auf den Grund blicken. Dieser »Grund« ist aber unermesslich tiefer Tod und Verletzung.
Schauspieler: Als ich gestern Morgen aufwachte, habe ich ihren Namen zweimal buchstabiert, so klar, so einfach, so simpel! Das war ihre Art, in meiner Erinnerung zu bleiben.

K: Du solltest »Das Tibetische Buch vom Leben und Sterben« lesen. Dort wird ganz deutlich der Prozess des Sterbens beschrieben, und die verschiedenen Situationen, denen man in der Zeit vor und nach dem Tod begegnen kann.
Auf der Leinwand wird gerade das Rohmaterial gezeigt, das der Schauspieler gefilmt hat.
Der Schauspieler kann daraus schnell einen Kurzfilm schneiden und ihn in den Filmkanal des Fernsehers mixen, den er von ABC geschenkt bekommen hat, und aus diesem Anlass hier eine kleine Party feiern.

In der Abenddämmerung, es ist kalt.
Jie Jie läuft die Straße entlang – hastig, ohne Rast, ohne anzuhalten, sie passiert viele Straßeneinmündungen.

Stimme des Polizisten aus dem Off: Die Todesursache Ihrer kleinen Schwester Mei Mei ist schon abschließend ermittelt, Sie können also das Begräbnis für sie ausrichten.
Stimme des Polizisten: Verlassen Sie die Stadt bitte nicht, solange Sie keine Mitteilung von uns erhalten haben. Wir könnten Sie jederzeit einbestellen, um uns bei den Untersuchungen zu helfen.

Stimme des Polizisten: Was hat Ihre kleine Schwester Mei Mei alles am Abend des 31. Oktober gemacht? Wen könnte sie getroffen haben?
Jie Jie: Ich weiß es nicht. Es war Halloween, sie ist mindestens auf zwei Partys gegangen, hat sicherlich viele Leute getroffen.
Stimme des Polizisten: Was haben Sie am Abend des 31. Oktober gemacht?
Jie Jie: Wissen Sie noch, was Sie alles am Abend des 31.

Oktober gemacht haben? Nichts Besonderes. Ich habe es Ihnen doch schon mehrfach gesagt.
Stimme des Polizisten: Ich meine damit: Haben Sie nicht etwas vergessen?
Jie Jie: Ich erinnere mich an nichts, das ich vergessen haben könnte.
Stimme des Polizisten: Erinnern Sie sich an Ihre tägliche Arbeit?
Jie Jie: Ich erinnere mich daran, das ist doch meine Arbeit.
Stimme des Polizisten: Haben Sie einen Freund?
Jie Jie: Hat das etwas mit dem Tod meiner kleinen Schwester Mei Mei zu tun?
Das Bild auf der Leinwand hält einige Sekunden an und läuft erneut ab.

Jie Jie läuft immer noch die Straße entlang.

Jie Jie: Hat das etwas mit dem Tod meiner kleinen Schwester Mei Mei zu tun?
Die Stimme des Sprechers, nach einer Pause: Ihr einziger Verwandter weilt nicht mehr unter uns, sind Sie traurig?
Jie Jie: Ich habe meine eigene Art, das Andenken an meine Schwester zu bewahren.

DRITTER TEIL

Was haben Sie am 31. Oktober gemacht?

1

Sonntagmorgen, im Park Hotel, Zimmer 804

Bei K, gegen Abend. K und der Schauspieler schlafen auf dem Bett.
K wacht auf und entdeckt, dass der Schauspieler ihre Hand hält.

K ist nie »China Underground«. Sie gehört auch nie zum Nördlichen Bund.
Manchmal gefällt es ihr, sich zu verstecken, machmal gefällt es ihr, den Filmstar zu spielen.
In letzter Zeit ist sie etwas schwach und überempfindlich.
Gestern Abend hatte sie sich plötzlich wie eine Hochstaplerin gefühlt, nur ihre berühmte Nase war echt.
Sie glaubt, dass sie sich ihre Überempfindlichkeit gegenüber anderen und die Folgen des exzessiven Auslebens ihrer Leidenschaften selbst zuzuschreiben hat.
Sie will ein Leben ohne Angst, sie will echte Freiheit.
Als sie auf der Beerdigung von Little Beetle zusammen mit dem Schauspieler interviewt wird, sagt der Schauspieler: Plötzlich gibt es so viele Menschen, die uns lieben. Das liegt wohl daran, dass wir jene Sorte von Menschen sind,

deren Rolle es ist, leicht süchtig nach allen möglichen Dingen zu werden. Es scheint fast, als ob wir nur deshalb Talent besäßen. Das stimmt so nicht.
Der Schauspieler ist am Morgen hergekommen.
Sie wollen zusammen ein paar wichtige Entscheidungen treffen.
Wenn sie zusammen einschlafen, bedeckt das Haar des Schauspielers seine Augen, sie schaut sich sein Gesicht an, und in seiner unerwarteten Schüchternheit und seinem Leuchten kommt es K vor, als habe sie es noch nie gesehen, er gehört zu dieser Sorte anrührend ordentlicher Menschen.
K sagt unaufhörlich: »Ich schlafe schon, ich schlafe schon, du brauchst es nicht zu bereuen«, und schlief langsam ein.

Im Traum sieht K ganz dicht vor sich ein anderes, unvergleichliches Gesicht.
Der Blick ist unendlich, warm und klar.
Er riecht im Traum den Duft der Feuchtigkeitscreme auf Ks Hand.
Es scheint, als trage er die Wahrheit wie eine Flamme in sich.
Er trägt eine bedingungslose Liebe in sich.

Als K erwacht, denkt sie, dass sie erst dann geheilt sein werde, wenn sie die Wahrheit mehr liebt als die Männer.
Von nebenan dringt undeutlich Musik herüber, es ist das Lied »Karneval«, das Jie Jie oft im Auto hört.

K: Horch, nebenan hören sie auch das Lied!
Der Schauspieler sagt noch schläfrig: Aber wir haben es

heute Morgen um sieben gespielt, jetzt ist abends acht Uhr, die sind zu spät.
K: Na dann such doch auch ein Lied aus und dreh es etwas lauter!

Der Schauspieler springt aus dem Bett und durchwühlt Ks CD-Stapel.
Schauspieler: Die nehmen wir!
Er legt die CD ein, die Musik erklingt, der Bass geht bis zum Anschlag.
Es ist Mozarts *Requiem*.

Schauspieler: Weil sie zu spät sind.
K lacht.

K steht auf und putzt sich die Zähne.
Der Schauspieler kommt zu ihr ins Bad.
Schauspieler: Darf ich?
K sagt: Ja, da ist eine neue Zahnbürste.

Die Musik wird scheinbar plötzlich warm und expressiv.
K wäscht sich, der Schauspieler putzt die Zähne.

K: Was machst du heute Abend?
Schauspieler: Ich gehe auf die Party von ABC.
K: Ah! Das Mädchen, das du Prinzessin der Kunst nennst!
K: Ich kann vielleicht nie mehr auf eine Party gehen, die auch nur einen Hauch gesellschaftlichen Verkehrs verlangt oder die von Menschen veranstaltet wird, die gesellschaftlichen Verkehr mögen. Vor allem kann ich nicht mehr auf Veranstaltungen mit mehr als 5 Teilnehmern gehen, die mit Kunst oder mit jungen Künstlern zu tun haben.
Schauspieler: Aber letzten Monat hast du noch gesagt,

du gehst nur auf Partys, auf denen weniger als 50 Leute sind.
K: Ich weiß gar nicht, was die Schwulen heutzutage tragen, sie haben nur einen Tag im Jahr, an dem sie auf der Straße anziehen können, was sie wollen.

Der Schauspieler geht aus dem Badezimmer. Er nimmt das Handy, wählt eine Nummer, K kommt in ein Badetuch gewickelt heraus.
K: Ich muss dich etwas fragen.

Der Schauspieler schaut K ruhig an: Einen Moment, o.k.?

Der Schauspieler nimmt das Handy ans Ohr, horcht einen Moment und nimmt dann das Handy wieder herunter.
Schauspieler: Was wolltest du gerade sagen?
K: Nichts, reden wir nicht mehr davon.

Der Schauspieler scheint zu wissen, was K gerade fragen wollte.
Auf der Straße vor dem Fenster hängt ein gigantisches Reklame-LCD-Display, der Schauspieler steht in Gedanken vertieft am Fenster, im Angesicht des großen Schirms sieht er verloren aus.
Die blinkenden Lichtstrahlen der Reklametafel erhellen die Straße und scheinen ins Zimmer. Das Bett, auf dem sie geschlafen hatten, scheint wie das Zentrum eines Schlachtfelds, chaotisch und gleichzeitig das Auge des Sturms.

Vom plötzlichen starken Drang nach Zärtlichkeit übermannt, umfasst der Schauspieler Ks Schultern, greift ihre Brüste, zieht sie an sich und küsst ihre Wangen.
Schauspieler: Ich verrate dir ein Geheimnis, ich kann nur

mit Fremden Sex haben. Bei meiner Geliebten schlafe ich ein.
K macht ein kindliches Gesicht und schaut den Schauspieler mit großen Hundeaugen an:
K: Oh!
K: Was dir Spaß macht, macht auch mir Spaß.

K: Danke, dass du gestern Nacht meine Hand gehalten hast.
Schauspieler: Wenn wir zusammen schlafen, muss sich doch zwischen uns auch etwas abspielen.

K: Männer sind wirklich sehr geheimnisvoll. Sie können nicht nur ein Leben haben, sie haben immer viele verschiedene Leben.
K: Deshalb sind sie so geheimnisvoll.
Der Schauspieler legt Ks Hand auf seine Wange.
Schauspieler: Im Schlaf hast du die ganze Zeit mit deiner Hand dein Kinn umfasst! Wie schön!

K: Manchmal, wenn ich an dich denke, hoffe ich, du denkst vielleicht auch an mich.
Der Schauspieler küsst Ks Hand zärtlich und bedeutsam.
Der Schauspieler: Jeder Moment, den ich mit dir zusammen bin, ist so glücklich, so unverwechselbar.
Der Schauspieler: Vielen Dank, dass ich dein Freund sein darf.

K erfährt jetzt anscheinend die echte Liebe, sie ist so glücklich, dass es schon fast zum Fürchten ist.
Bisher war sie nie sicher, ob der Schauspieler etwas für sie empfand. Doch jetzt sieht sie eine winzige Veränderung in seiner Miene.

Dennoch sind sie kein Liebespaar. So viele Mädchen wollen ihn, aber er versteht ihrer beider Freundschaft immer als etwas Besonderes. Dennoch gibt es, was seine Person angeht, immer auch etwas Widersprüchliches. Aber er trägt einen goldenen Schlüssel im Mund. Immer wenn er will, kann er sie zu einem fröhlichen, verzückten Lachen bringen. Er hat diese Kraft und Gutherzigkeit.

Und er ist nicht nur geheimnisvoll, sondern auch unglaublich begabt, er erfüllt ihr vollständig ihre Gier nach Ruhm.

Sie und er sind Spiegel, die einen anderen Spiegel erblicken. Wenn sie mit ihm zusammen ist, ist dies der Schatz ihres Lebens. Zusammen mit ihm ist sie glücklich. Die unzähligen Erinnerungen mit ihm lassen ihr Leben wunderschön werden.

In den letzten Jahren gehört Ks Herz stets dem Schauspieler. Das ist aber nur ihr inneres Seelenleben.

Falls sie in einem früheren Leben schon eine Frau war, wollte sie nur seine Frau sein.

Obwohl sie überhaupt nichts verlangt, hängt sie dennoch ihrer Illusion nach. Sie kann sich nicht ausmalen, wie sie weiterleben sollte, wenn sie ihn nicht mehr liebte.

2

> Dies werde ich zu Ende bringen
> und werde mich dem Weg zum Ruhm opfern
> mit mir unterwegs gibt es nur dich, der du mir gleichst,
> und meine Liebe.
> ANNA AHMATOVA (Áнна Ахмáтова): »Todesstille in der Ruine«

Am Abend sitzt Jie Jie in einem von einem Chauffeur gefahrenen Jeep ihrer Mietwagenfirma.
Ein Jeep fährt vor ihr, einer hinter ihr.
Auch die anderen Autos werden von Chauffeuren der Firma gefahren.

In den anderen beiden Jeeps sitzen »besondere« Touristen.
Jie Jie denkt immer, dass sie die intelligentesten, mutigsten und einsamsten Männer sind.
Sie waren schon so, als sie als Jungen auf die Welt gekommen sind.

Vor vielen Jahren haben sie aus idealistischen Gründen unerwartet eine gigantische Schlägerei entfacht und sind schließlich ins ferne Ausland gegangen.

Sie sind Jie Jies Idole. Sie brannte einst so leidenschaftlich für sie.

Jie Jies Gesichtsfarbe ist heute Abend frisch und rein, nicht so ernst wie sonst.
Die drei Autos fahren auf der Yan'an-Hochstraße.
Die Passagiere unterhalten sich per Gegensprechanlage.

Jie Jie: Wir kommen gleich zu meiner Lieblingsstraßenecke.

Mann 1 nimmt eine Sucherkamera, hält sie aus dem Autofenster und macht Fotos.
Mann 1: Reißen wir ein paar Mädels auf? Ohne Mädels geht es nicht!
Während der Mann fotografiert, schaut er überhaupt nicht nach draußen, er streckt nur seinen Arm hinaus.
Klick für Klick nimmt er die Gebäudekomplexe zu beiden Seiten der Hochstraße auf.

Jie Jie: Was für ein Mädel darfs denn sein?
Mann 2: Mir egal.
Mann 1: Ich will eins, das geil aufs Ficken ist.

Jie Jie: Hast Du ein Problem?
Mann 2: Er hat Liebeskummer.
Jie Jie: Ich weiß! Ich kann uns Mädels besorgen, die mit uns ausgehen, aber es sind keine Nutten.

Mann 1: Ich will ein Mädel, das bestimmt mit mir nach Hause geht und mit mir schläft.
Jie Jie lächelt noch immer: Habe ich das richtig verstanden? Soll ich für dich eine Nutte suchen?
Mann 1: Ja, so in etwa.

Die drei Wagen sind an der Straßenecke der Yan'an-Hochstraße.
Sie scheinen in den Huangpu-Fluss zu stürzen.
Die Ufer des Huangpu sind Vergangenheit und Zukunft.

Mann 1 hält immer noch seine Hand aus dem Fenster und knipst.

Jie Jie: Ich erinnere mich noch an das Gedicht, das ihr mir vor zehn Jahren bei eurer Abreise dagelassen habt.
Mann 1: Wohin geht es jetzt? Ich will wirklich ein Mädel finden, ich will heute Abend noch zum Schuss kommen.
Jie Jie: Sprich nicht so, wenn ich dabei bin!
Mann 1: Wie? Verstimmt?
Mann 1 wechselt den Film und streckt den Arm wieder hinaus: Versteh doch, du bist kein Frischfleisch für mich, du bist meine Freundin!
Jie Jie: Kaltblütig.
Mann 2: Eine Schlange eben.
Jie Jie: Und du freust dich noch, dass ich ihn so nenne?
Mann 1: Du willst doch unsere Männerfreundschaft nicht aufs Spiel setzen, oder?
Mann 1: Zusammen sind wir ein hochexplosives Gemisch.
Jie Jie sagt zum Fahrer: Zur Julu-Straße.

3

114 *Sonntagabend, auf dem Nördlichen Bund, zu Hause.*

Es ist Abend. An der Straße warten K und der Schauspieler auf ihre Autos.
K scheint einen Bekannten zu sehen, plötzlich taucht sie ins Automeer ein.
K: Hey, das ist doch Armani da vorne!

Ein Auto rast heran, und der Schauspieler reißt K am Arm zurück, fast hätte der Wagen K erwischt, es war sehr gefährlich.
Der Schauspieler zieht K heran, sie umarmt ihn.
Als das Auto vorbei ist, lässt er sie los.

K: Übrigens kann auch ich nur mit Fremden Sex haben. Nur habe ich vor heute Abend nie darüber nachgedacht.
K: Ich schlafe immer nur mit Männern, die ich auf den ersten Blick wollte. Ich akzeptiere nur den wunderschönen Zufall der Liebe auf den ersten Blick. Mich erregt nur die Statur von Männern mit schönen Augen, mit Händen, die wunderbare Sachen anstellen, von Männern mit glattem Rücken, die in irgendeiner Weise äußerst talentiert sind. Mit diesen Männern hat es immer geklappt. Mit ihnen

schlafe ich. Danach hänge ich leidenschaftlich an ihnen, aber sie wollen mich nur als Sexpartner. Tatsächlich haben wir nicht mehr so guten Sex, wenn wir keine Fremden mehr sind.
Das Handy des Schauspielers klingelt.
Es ist Mei Mei.
Mei Mei: Du hast vor einer Stunde meine Nummer gewählt, aber mit einer anderen gesprochen. Komm sofort heim, das ist ein Befehl!

K steht da und denkt über die Worte von eben nach.
Der Schauspieler schaut K an, hinter ihnen pulsiert der Verkehr.
K: Ich will eine Liebe, die ohne Affektiertheit auskommt. Zum Beispiel mögen die meisten Männer es nach dem Sex überhaupt nicht, dass die Frau sie anfasst oder mit ihnen spricht. Aber fast alle haben ein schlechtes Gewissen, wenn sie sofort abhauen, und halten es vor Langeweile nicht aus, wenn sie sich verstellen. Eigentlich sollten sich Männer und Frauen nichts aus diesen Dingen machen, es ist nur eine der vielen schlechten Angewohnheiten der Männer. Aber die meisten Menschen denken nicht so, diese Affektiertheit erfüllt alle Beziehungen. So eine Beziehung will ich nicht! Und mir ist es überhaupt nicht wichtig, wie gut der Mann im Bett ist, den Männern ist es wichtiger als mir. Das ist auch sehr eitel!
K: Wenn man die Liebe abstrakt betrachtet, so wird einem manches klarer als durch die praktische Erfahrung von Liebe. Liebe lässt zwei Fremde zu intim Vertrauten werden, und wieder von intim Vertrauten zu Fremden. Liebe ist tatsächlich ein Spiel, bei dem zwei Fremde zu einem Liebespaar werden und wieder zu Fremden. Und unsere Vorstellung von Liebe und die tatsächliche Liebe zu unserem

Partner passen nicht zusammen. Diese Vorstellung ist zu groß, zu rein und sie vernichtet den schwachen Partner. Diese Vorstellung von Liebe ist nicht belastbar.
K: Wenn man einen Fremden fickt, hat man anscheinend die Liebe erfahren. Denn die Liebe kommt und geht in einem Augenblick. Sie existiert nur einen Wimpernschlag lang.
K schaut den Schauspieler an: Und du bist der Einzige, den ich will, den ich ununterbrochen begehre, den ich umso mehr will, je mehr ich ihn kennenlerne. Selbst wenn du ganz ganz alt bist, will ich dich immer noch zum Mann. Aber ich will noch mehr, dass du nur genau das tust, was du magst. Ich will nur um der »Liebe« willen lieben.
K: Ich habe mich unzählige Male gefragt, ob ich dich noch will, wenn von dir nur noch 21 Gramm übrig sind, wenn von dir nichts Sichtbares mehr übrig ist. Ich denke, das ändert nichts, vielleicht möchte ich noch deine Stimme hören. Denn ich liebe sie so sehr! Ich glaube, ich würde mein Leben für dich geben. Dabei ist es egal, ob ich mit dir Sex habe. In der Tat ist es besser, keinen Sex zu haben. Du scheinst allen Kriterien für das Wort »sexy« zu entsprechen, aber mir erscheinst du mehr wie ein Spiegel.
Der Schauspieler: Sex ist wichtig. Aber Sex ist nicht die Wahrheit.
K: Vielleicht können wir nur durch den Tod erneut das Authentische von Sex fühlen.

4

Sonntagabend, auf dem Nördlichen Bund, zu Hause.

Die drei Autos von Jie Jie halten auf der Julu-Straße.
Jie Jie und die beiden Männer steigen wieder in ihre jeweiligen Autos.
Sie schalten wieder die Gegensprechanlage ein.

Jie Jie: Wohin geht's?
Mann 1: Zum nächsten Ort, wo man Mädels aufreißen kann.
Jie Jie: Weißt du was? Er hat gerade mit mir gewettet, dass er ohne Geld ein Mädel abschleppen kann. Er sagt, er wird das Mädchen fragen, ob es auch ohne Bezahlung mit ihm nach Hause geht und mit ihm schläft.
Mann 2, nach einem Moment: Unwissenheit schützt vor Dummheit nicht.

Jie Jie: Seid ihr beide auf der Pirsch?
Mann 2: Mir ist das egal, ob eine oder keine. Es kann eine sein oder auch ein ganzes Rudel.
Jie Jie: Kannst du nicht einfach sagen, dass du keine willst?
Mann 1: Ich brauche heute Abend unbedingt ein Mädel.

Jie Jie: Warum wollen die Männer immer zu Nutten gehen? Und warum wollen sie zusammen in den Puff gehen?

Mann 2: Das ist wie im Supermarkt: Eigentlich wolltest du nur eine Flasche Wasser kaufen, aber unwillkürlich kaufst du dann doch noch eine Flasche Saft.
Jie Jie: Die Männer sind alle schwul, Frauen sind für sie nur Sexspielzeuge, alle schwul!
Mann 2: Auf uns beide trifft das bestimmt nicht zu.
Mann 2, lachend: Streiten wir uns nicht, das macht keinen Spaß!

Jie Jie zum Fahrer: Klapper einfach einen Nachtklub nach dem anderen ab, Hauptsache es gibt dort Mädchen!
Jie Jie sagt zu sich, bei ausgeschalteter Gegensprechanlage, als spräche sie zum Fahrer: Weißt du, was einem in Schanghai fehlt? Das Meer. Mir geht es nur gut, wenn ich mich an den Strand setzen kann, bei blauem Himmel, mit einem guten Freund an meiner Seite, der ein Buch liest. Dort sonne ich mich dann, träume vor mich hin, denke an gar nichts. Ausspannen, ich muss ausspannen.

Die Autos setzen sich in Bewegung. Die Nacht ist pechschwarz.
Jie Jie schaltet die Gegensprechanlage wieder ein: Was war das, was du immer sagst?
Mann 2: Was denn?
Jie Jie: Etwas mit Zeit und Raum. Das hat einmal ein berühmter Schriftsteller gesagt.
Mann 2: Das bin nicht ich – er sagt das immer.
Mann 1: Wenn du die Zeit besiegen kannst, gibt es nur das Jetzt; wenn du den Raum besiegen kannst, gibt es nur das Hier. Wir treffen uns oft zwischen dem Hier und Jetzt.

Jie Jie: Den Satz muss man ändern: Wenn du die Zeit besiegen kannst, gibt es kein Jetzt; wenn du den Raum besiegen kannst, gibt es kein Hier. Können wir uns zwischen dem Hier und Jetzt noch treffen?

Ein Nachtklub im Stil einer romanischen Kirche.
Zwei Männer, die je zwei Mädchen an ihrer Seite haben.
Jie Jie: Was meint ihr, ist das wichtigste Merkmal einer Gegensprechanlage?
Mann 1: Das wichtigste Merkmal ist, dass du warten musst, bis der Gesprächspartner zu Ende gesprochen hat,
bevor du reden kannst.

Ein Mädchen zeigt auf Jie Jie und fragt Mann 2: Wer ist die denn?
Mann 2 sagt: Sie ist meine Frau, und er ist ihr Freund.
Das Mädchen antwortet: Sie ist hübsch.
Mann 2 sagt lachend: Sag das nicht mir, sag es ihm.

Jie Jie bleibt noch eine Weile sitzen und nimmt dann ihre Tasche, um zu gehen.

Mann 1: Geh nicht!
Jie Jie: Du sagst, ich sei nicht dein Frischfleisch, sondern dein Freund. Du solltest dir die Zeit, die du mit »Frischfleisch« verbringst, und die, die du mit deinem Freund verbringst, gut einteilen.
Mann 1: Na gut, dann ruf ich dich später an!
Jie Jie steht die Verärgerung ins Gesicht geschrieben, aber sie bleibt ganz ruhig.
Jie Jie: Meine kleine Schwester Mei Mei hat sehr oft versucht, mich auf dem Handy zu erreichen, ruf mich heute Abend also bloß nicht an.

Mann 1 sagt sehr ernst: Bist du sauer? Du kannst »böse« sein, aber keine Spaßverderberin!
Jie Jie: Ich lasse euch die Jeeps mit Fahrer.

5

Sonntagabend, Nördlicher Bund, zu Hause.

Fast zur selben Zeit an zwei verschiedenen Enden der Stadt riechen der Schauspieler und Mei Mei den besonderen Duft, den ihr Partner verströmt. Sie kennen beide diesen besonderen Geruch, der bedeutet: »Zusammen, dort!«
Deshalb muss der Schauspieler mit dramatischen Schritten den Windböen ausweichen, um kontinuierlich den Duft wahrzunehmen, den Mei Meis Körper verströmt, ganz vorsichtig kehrt er an ihre Seite zurück.
Zwischen Licht und Schatten übergeben Gesicht und Körper des Schauspielers die vier Jahreszeiten dem Seelenrad. Als er mit der Geschwindigkeit dramatischer Schritte zu Hause eintritt, seine unverwechselbare Mütze auf dem Kopf, sieht er gerade wie ein Jäger aus, der einen wunderschönen und verdorbenen Morgen ankündigt.
Sie sind kein mutiges Liebespaar. Sie fürchten sich sehr davor, den anderen nicht auf ewig glücklich zu machen, weil sie selbst keine glücklichen Menschen sind. Wie können sie da den anderen glücklich machen!
Viele Wahrheiten kann man nicht aussprechen, sondern nur riechen.
Um während der ganzen Zeit den Geruch »Zusammen,

dort!« wahrnehmen zu können, müssen sie sich immer in der Windrichtung bewegen, dürfen nicht zu laut sprechen und müssen sich angestrengt auf den Geruchssinn konzentrieren.

6

In einigen besonderen Augenblicken müssen sie sich nur ansehen, um glücklich zu sein, ihre Gefühle ändern sich unaufhörlich. Sie liebt seine Gitarre spielenden Hände, sie haben sehr viel Gefühl. Aber ihm ist das gar nicht bewusst.

Ihre Taille ist sehr schmal, die Besorgnis, dass er fremdgeht, lässt sie ganz feucht werden. Wenn sie so ist, empfindet er sie als besonders sexy.

Wie auch immer ihre Jugend dahingegangen sein mag, sie haben beide eine seidige Haut behalten und ein traumhaft schüchternes Temperament.

Seine Stimme, sein Atem, seine Bewegungen, wie chaotisch er in dieser Zeit auch war, sie liebte sein Chaos abgöttisch.

Er fühlt immer, dass ihr Inneres der angenehmste Ort ist.

Es fühlt sich gut an, wie nach Hause zu kommen.

Nur in diesen Momenten kann er sagen, ich liebe dich, ohne dich will ich nicht mehr leben.

Egal wie unbeständig das Leben ist, er glaubt daran, dass

er im Leben nur einen Menschen liebt, er sagt überzeugt »Ich liebe dich!«.
Aber sie versteht dies überhaupt nicht als eine Garantie.
Er braucht Zeit, um zum Orgasmus zu kommen, manchmal scheint es, als ob er niemals kommen würde.
Er ist verrückt danach, in ihr zu kommen.
Er findet, dass sie immer schöner wird. Je schöner sie wird, desto heftiger wird seine Lust.
Sie findet, dass sie sein schlechthin perfektes Spielzeug ist.
Sie liebt es wahnsinnig, das letzte Betteln aus ihm herauszukitzeln.
Sie liebt seine Geheimnisse und ihre bald vergehende Jugend.
Sie kann von A bis Z sein Spielzeug sein.

Sie sprechen nie darüber, wie sie den anderen mögen, so etwas ist kein Thema zwischen ihnen.
Sie verraten anderen nie, was sie sich alles sagen, wenn sie Sex haben.
Sie liebt es am meisten, wenn er seine verborgensten Wünsche ausspricht.
Sie liebt seine Geheimnisse und sie sind nahe daran, ihre Jugend verstreichen zu lassen.

Und sie fühlt sich nur im Normalzustand, wenn er ihre Brust küsst.
Es scheint ihr, als ob nur in dieser Stellung alle ihre Erwartungen übertroffen und ihre Zweifel überwunden werden könnten.

7

Hong

Auf dem Dach des 31. Stocks irgendeines Hochhauses im Park des Nördlichen Bundes.
Einige Gäste sind schon eingetroffen.
Sie tragen Halloween-Kostüme, es scheint, als ob auf ihren Gesichtern noch mehr Staub läge.
Die Nacht ist tief, einige Maskierte stehen um einen Heizkörper und denken sich Geschichten aus, der Wind auf dem Dach ist sehr stark.

ABC trägt unter ihrem Mantel eine feuerrote Velours-Robe mit Schleppe, zusammen mit ihrer weißen Schminke erscheint sie wie eine Frau, die einem »Renaissance«-Gemälde entsprungen ist.

ABC: Der Blick durchdringt die Augenwimpern wie der Sonnenstrahl allmählich die Dunkelheit, die Wimpern wirken wie helle Zigarettenasche. Die Seelen durchdringen das nächtliche Schanghai. Die Blässe und Leere sind unveränderlich. Unter den Klang von Wasser, das mit Bambuskörben geschöpft wird, und von Blättern, die geknickt werden, mischen sich die Geräusche von frechen und honigsüßen Schritten. Die berühmten Straßen wirken wie Konkubinen im Harem, die sich jederzeit für die Gunst des Herrschers bereithalten. Diese Straßen durchqueren die ausländischen Konzessionsviertel, die Tanzlokale der Moderne, die die Hoffnung auf bessere Zeiten aufgegeben haben, die Theater, die Pferdewettsalons und Cafés. Sie kommen an müden Helden und an einer Bevölkerung im Albtraum vorbei. Sie werden aus dem Umkreis des Flusses angeschwemmt. Rufe wie von einem einsamen Phönix, Lichtreflexionen wie von einer Teekanne aus Jade, ein Anblick, der ins Mark geht. Frauen mit zarter und zerbrechlicher Körperhaltung, eine Haut, die wie erstarrtes Fett wirkte, Gesichter wie der Vollmond. Das Benehmen der Männer ist ähnlich antrainiert, ihr Charakter ist tiefschürfend, sie haben die Taufe durch Literatur und Kunst erhalten, mögen aber nicht den Helden spielen. Die Straßen überqueren die Waipo-Brücke, nähern sich einander am Broadway Mansion, erklimmen Stufe für Stufe die Treppe, mit geschmeidigen Schritten, das Wackeln des Hinterns ist reizvoll, aber vornehm und erfüllt die Erwartungen. Ihr Unglück ist ihr Schicksal, sie haben nie wirklich an ihr Schicksal geglaubt. Schließlich, mit einem Ausdruck, der völlig unglaubwürdig ist, erscheinen sie im Kerzenschein, sie haben ihre Gefühle schon immer gut zu verbergen gewusst. Sie bringen nie direkt etwas ans Licht, sie vertrauen niemandem.

Mei Mei hat sich nicht verkleidet.
Auf ihrer Kleidung, die sie unter dem Mantel trägt, ist auf Englisch klein die Zeile gedruckt: »Vanity is a trick«.
Sie streift langsam hin und her durch die Menge der Maskierten. Sie taucht auf dem Video des Schauspielers auf.

Schauspieler: Ein bisschen nach links, nach links, nach links.

Mei Mei schaut woanders hin.
Mei Mei: Eifersucht ist nicht die Angst vor dem Verlust, sondern die Angst vor der Trennung.
Schauspieler: Es gibt keinen Grund, eifersüchtig zu sein.
Schauspieler: Sie ist für mich wie eine kleine Schwester, Mei Mei. Wirklich!
Mei Mei schaut ins Objektiv des Schauspielers, ihr Blick ist unvergleichlich klar.
Mei Mei: Dieser Satz gerade, dieser Klang, dieses Gefühl, das alles kommt mir bekannt vor, ich habe oft so ein Déjàvu mit dir, als ob viele Dinge schon einmal passiert wären, schon oft passiert wären.
Mei Mei: Mit dir zusammen zu sein, ist eine endlose Wiederholung, aber dann wieder kann ich mich gar nicht daran erinnern, wann die Sache war, die sich da wiederholt.

Schauspieler: Wenn wir uns nicht jedes Mal von Neuem klar werden müssten, wer wir sind, könnten wir bestimmt viel weniger erschöpft leben.

Mei Mei: Weißt du, was einem in Schanghai fehlt? Das Meer. Mir geht es nur gut, wenn ich mich an den Strand setzen kann, bei blauem Himmel, mit einem guten Freund an meiner Seite, der ein Buch liest. Dort sonne ich mich dann, träume vor mich hin, denke an gar nichts. Ausspannen, ich muss ausspannen.

Der Schauspieler: Heute Morgen habe ich die Wolken am Himmel angeschaut. Eine Wolkengruppe schien mir wie ein Drache, und auf ihrem stetigen Weg nach Osten veränderte sie ihre Form nicht. Damals habe ich eine Wolke gesehen, die wie ein Engel aussah.

Der Sprecher-Polizist kommt in einer Windböe an, er hat keinerlei Halloween-Aufmachung und scheint aus der Zukunft zu kommen.

Der Schauspieler schwenkt sein Kameraobjektiv auf ihn.
Schauspieler: Wenn Sie in einem Film spielen müssten,
 welche Rolle würden Sie am wenigsten spielen wollen?
Sprecher-Polizist: Welche Rolle ich am wenigsten spielen wollte? Die eines Polizisten!
Schauspieler: Was war die merkwürdigste Meldung, die Sie als Nachrichtensprecher verlesen mussten?
Sprecher-Polizist: Ein Taschendieb hat sich unter eine Begräbnis-Gesellschaft gemischt, wurde aber von jemand anderem gefilmt, der Videofilm wurde dem Fernsehen übergeben, und ich verkündete im Fernsehen: Bitte achten Sie auf diesen Mann! Bitte achten Sie auf diesen Mann! Jeder, der etwas über diesen Mann weiß, möge es uns bitte mitteilen.

Schauspieler: Was denken Sie übers Fernsehen?
Sprecher-Polizist: Kurzkrimis sind eine extreme Folge des brutalen Strebens nach Einschaltquoten. Das ist auch der Grund, warum ich das Fernsehen verabscheue.

Schauspieler: Eine letzte Frage. Können Sie wie ein Nachrichtensprecher sagen, was Sex ist?
Sprecher-Polizist: Sex ist unser Krankenhaus, Sex ist eine kreative Idee der Liebe, Sex ist der Hintergrund, Sex ist unser Dorf. Manchmal bringt Sex ein Geschenk mit. Der

Sex führt einen lange dauernden Krieg mit dem Großhirn, es ist unvermeidlich, dass er Tod und Zerstörung mit sich bringt. Vielen Dank für Ihre Aufmerksamkeit und bis morgen.

Jie Jie und Mei Mei sitzen in einer windstillen Ecke.

Mei Mei: Ein Mann, in den ich mich verliebe, ist immer auch eine Randfigur in den Fantasien anderer Frauen. Er scheint eine völlig neue Maschine zu sein, unvergleichlich sexy, erfüllt von Lebenskraft und Mut, gleichzeitig enthält er eine neue Speicherkarte und eine völlig neue Art der Wahrnehmung. Für Frauen ist ein Mann vor allem dann attraktiv, wenn er aus seinen früheren Liebesgeschichten eine gefällige und differenzierte Gefühlslage mitbringt. So ein Mann hat einen deutlich wahrnehmbaren Geruch, er hat den Duft und das Parfüm vieler Frauen in sich aufgenommen. In diesem Sinne ist ein Mann das Produkt der Frauen, denen er begegnet ist. Und alles, was er verlangt, ist eine sichere Reiseroute, etwas anderes kann er nicht ertragen.

Jie Jie: Wenn ein Mensch nur genügend Freiheit hat, ist er auch in der Lage, einen anderen, der ihn bedingungslos liebt, zu beschützen.
Jie Jie: Männer sind eine Spezies, die in dem Moment, in dem du sie als Mann wahrnimmst, schon überhaupt nichts und niemand mehr ist.

Mei Mei: Sehr oft denken wir, dass wir dem Partner alles geben, allein weil wir ihn lieben. Wir können ihm Gutes und Schlechtes geben. Eigentlich ist das so nicht richtig, vielleicht können wir meistens nur etwas Gutes geben,

können wir nur Engel sein. Wenn jemand meinen Partner glücklich machen kann, sollte ich mich freuen. Das ist, wie wenn ich mich für einen Freund oder Verwandten freue. Ich sollte ihm überhaupt nichts Schlechtes geben.
Jie Jie: Aber wenn du dich oft einsam fühlst, dann ist dein Leben ein Fehler.
Mei Mei: Ich fühle mich nicht einsam, ich fühle mich nur manchmal unwohl.

Jie Jie: Wenn wir Beziehungskisten doch bloß so neutral wie ein Essen behandeln würden!

Jie Jie: Die Liebe ist ein Gefühl, du liebst jenen Menschen, und jener Mensch bist du.
Mei Mei: Liebe sollte auch dann noch Liebe sein, wenn man zu Ende geliebt hat.

Mei Mei: Liebe ist so, wie wenn du dich im Spiegel selbst erblickst. Nur weil du selbst nicht in der Welt im Spiegel existierst, kannst du dich dort sehen.
Mei Mei starrt alleine vor sich hin.

Mei Mei: Wenn er mit einem anderen Mädchen Hand in Hand schlafen kann, dann habe ich sicher etwas falsch gemacht!
Mei Mei: Aber wenn ich mir nur vorstelle, dass er mit einem Mädchen nichts angestellt hat, sondern nur mit ihr Hand in Hand geschlafen hat, dann breche ich schon zusammen.

ABC unterhält sich in der Ferne mit einem Mädchen.
ABC: Das Mädchen in dem Film ist eine Femme fatale. Sie ist kein Opfer. Aber wenn sie unter ihm liegt, will sie nur sein Spielzeug sein, von der Stimme bis zum Verhalten,

will sie kompromisslos alle seine Begierden erfüllen, bis zum Extrem alles machen, was er am meisten liebt. Für ihn ist der Sex mit ihr wie eine »Reise zum Mond«. Am ersten Morgen wacht er auf und entdeckt, dass sie nicht neben ihm liegt und dass die Tür gegenüber eigentlich links von ihm sein müsste. Er erinnert sich nicht an alle Einzelheiten. Er ruft sie an, sie ficken erneut, dann wacht er auf und entdeckt, dass er sich wieder an nichts erinnern kann. Er weiß nur noch, dass der Sex mit ihr wie eine »Reise zum Mond« war. Dann ruft er sie noch mal an, sie haben wieder Sex. So treiben sie es zwei Wochen lang, er wartet zwei Wochen auf die Rückkehr seiner Erinnerungen, aber während der ganzen Zeit findet er keinerlei konkrete Erinnerung daran, tatsächlich mit ihr geschlafen zu haben.

ABC: Auf dem Set machen wir es dann wirklich. Aber wir haben es vorher überhaupt nicht abgesprochen. Die Kamera nimmt die ganze Zeit nur unsere Gesichter auf. Als er in mich eindringt, sehe ich ein Engelsgesicht, er ist einfach zu schön! Obwohl wir es nur einmal treiben, werden die Bilder immer wieder hintereinandergeschnitten. Das ist echter Sex, er ist ein anderer Mann, er ist nicht hier, er ist außerhalb seines Lebens, an einem Ort, an dem nur er allein ist. Er beschert mir Gefühle wie im Traum, einen Ausdruck wie im Traum, und ich habe dieses brennende, fremde Gefühl unheimlich gern, das ist eine Art, sein Herz sperrangelweit zu öffnen. Unsere offenen Herzen sind gleichzeitig gegenüber dieser Welt so gleichgültig, dass es die Menschen anrührt.

ABC: Nur in diesen wenigen Tagen haben wir immer zur selben Zeit dieselbe Stimmung, das geht so weit, dass wir sogar identische Sexfantasien haben. Wenn dem anderen etwas zustößt, spüren wir es, selbst wenn der Partner mit jemand anderem schläft, fühlt der andere es ganz exakt und eindeutig. Wir halten uns gegenseitig für sexuell unvergleichlich erregend, morgens schweben wir im Himmel, mittags werden wir verrückt vor Qualen, abends brechen unsere Herzen vor Verzweiflung, mitternachts schluchzen wir vor Rührung. Nur während dieser Zeit erfahren wir die Liebe in all ihren Facetten. Danach ist mein Partner nicht mehr da.

ABC: Falls ich für ihn heute nicht existiere, dann – bei Gott! – existieren für ihn überhaupt keine Menschen.

ABC: Sex ohne Liebe erregt mich, aber Liebe ohne Sex kann mich überhaupt nicht entspannen. Das Ergebnis dieser zwei Arten von Beziehungen ist jedes Mal Depression, die Depression ist unausweichlich. Weißt du, was einem in Schanghai fehlt? Das Meer. Mir geht es nur gut, wenn ich mich an den Strand setzen kann, bei blauem Himmel, mit einem guten Freund an meiner Seite, der ein Buch liest. Dort sonne ich mich dann, träume vor mich hin, denke an gar nichts. Ausspannen, ich muss ausspannen.

ABC: Einfach alles vergessen, dass es solche Menschen gab, solche Liebe. Aber egal wie vergänglich es war, ich glaube, dass ich es war, die sein Herz zum Bluten gebracht hat und die es glücklich gemacht hat!

Der Schauspieler kommt mit der Kamera zu ABC.
ABC: Es gibt Leute, die wollen nicht gefilmt werden, weißt du?
Schauspieler: So eine Gelegenheit, ins Fernsehen zu kommen, lässt die Leute ausflippen. Mit so einem Fernsehen

sieht es auf den ersten Blick so aus, als könnte man das Programm sehen, das man mag, aber in Wirklichkeit lässt es alles wieder von vorne beginnen, verdreht alles.

ABC: Ich habe eine interessante Freundin, soll ich sie dir vorstellen?
Schauspieler: Hast du meine Freundin gesehen? Ich will dich ihr unbedingt vorstellen, sie ist absolut cool, einfach nur cool, deshalb mag ich sie so.

Der Schauspieler kehrt mit seiner Kamera zu Jie Jie und Mei Mei zurück.

Schauspieler: Ein kleiner Psychotest. Es gibt zwei Schwestern. Auf dem Begräbnis eines gemeinsamen Freundes trifft die Ältere der beiden Schwestern, Jie Jie, einen fremden Mann. Nach dem Begräbnis verschafft ihr dieser Fremde einen »perfekten Orgasmus«. Es dauert nicht lange, und Mei Mei stirbt durch die Hand von Jie Jie. Warum?

Mei Mei: Weil sich Jie Jie in den Fremden verliebt hat, er sich aber später in Mei Mei verliebt hat.
Jie Jie: Den Test habe ich schon mal gemacht!
Jie Jie: Aber du hast ihn geändert. Das ist bei Psychotests nicht erlaubt!

Jie Jie: Er will noch eine kleine Party feiern, um sein Filmchen vorzuführen.

Jie Jie: Das fiel mir ein, als du mir vor ein paar Tagen das Video von der Beerdigung gezeigt hast. Aber Jie Jie hat sich nicht in diesen Mann verliebt. Und er hat sich auch nicht in Mei Mei verliebt. Jie Jie will nur noch einmal so einen Orgasmus. Deshalb bringt sie Mei Mei um. Sie will noch einmal ein Begräbnis haben, um noch einmal so einen Mann zu treffen. Es kann auch ein anderer Mann sein. Sie ist süchtig nach Orgasmen im Anschluss an Begräbnisse geworden.

Mei Mei schaut Jie Jie an.
Mei Mei: Aber du bringst mich doch nicht um?

Der Schauspieler filmt die beiden: Wer die Lösung errät,

hat eine Veranlagung zum Serienmord.

Mei Mei schaut den Schauspieler an.
Mei Mei: Wirst du mich ewig lieben, wenn ich sterbe?

Der Schauspieler beantwortet Mei Meis Frage nicht.
Jie Jie überlegt, dass alle Mädchen einen großen Fehler machen. Sie halten den Schauspieler für einen Mann. Zwar könnte man auch sagen, dass er ein junger Mann ist, aber die Mädchen haben nie durchschaut, dass der Schauspieler eigentlich ein Junge ist. Er hatte eine schlimme Kindheit. Er wird nie erwachsen werden. Sind nicht in Wirklichkeit die meisten Männer so?
Jie Jie überlegt sich weiter, dass doch die meisten Männer krank sind. Liebe ist eine kompromisslose, großartige Vorstellung. Auf der Welt gibt es keinen Mr. Right und keine Mrs. Right. Alle Männer sind nur faul. Sie machen sich wahrscheinlich über die Frage der Liebe gar nicht so viele Gedanken. Die Männer haben schon lange einen notorisch schlechten Ruf weg!

Der Schauspieler schaltet seine Kamera aus, hebt den Kopf und schaut Jie Jie an.

Schauspieler: Seid so nett und wiederholt die letzte Szene noch einmal.
Danach tut ihr beide so, als gingt ihr von hier fort. Das nehme ich dann auf.

Jie Jie und Mei Mei gehen zusammen vor dem Objektiv des Schauspielers ab.
Sie schauen sich um und suchen den Ausgang.
Während sie nach dem Ausgang suchen, unterhalten sie sich.
Mei Mei: Er sollte dich besser filmen, wie du am Huangpu-Ufer stehst und im Angesicht des aufgewühlten Flusswassers sagst: Ich habe meine kleine Schwester Mei Mei tatsächlich nur umgebracht, um dich wiederzusehen, weil ich dich liebe, weil ich dich schon immer geliebt habe.

Mei Mei: Wo ist denn nun der Ausgang?
Schauspieler: Nach links, geht nach links!

Als sie schließlich den Ausgang finden, dreht Mei Mei plötzlich ihren Kopf nach dem Schauspieler um.
Mei Mei: Wenn morgen mein Flugzeug abstürzt, denk dran, ihm zu sagen, dass ich ihn ewig liebe!

Der Schauspieler hält den Kopf gesenkt und filmt.
Jie Jie: Serienkiller haben ihre Serienkiller-Logik.
Mei Mei: Na, warum denkst du dann, dass wir meistens nur mit fremden Menschen schlafen können? Ist das logisch?
Jie Jie: So ist das Leben.
Mei Mei: Warum ist es so?
Jie Jie: Es ist immer so.

Schluss

1

Sonntagabend, Nördlicher Bund, zu Hause.

Auf der Halloween-Party von ABC gibt es eine große Unisex-Toilette.
Der Wind auf dem Dach wird stärker, das Paparazzi-Team Zhongsheng ist ungeladen erschienen, viele Gäste nehmen Flaschen mit in die Toilette.
Die Menschen unterhalten sich angeregt.
ABC hat extra einen Aufpasser abgestellt, der darauf achtet, dass kein Paparazzo hereinkommt.

Anto: Sie scheinen mit dem Leben zu spielen, sie sind so weit entfernt, setzen stets diese seltsame ärgerliche Miene auf, schwer einschätzbare Menschen, voller geheimnisvoller Gedanken. Verloren und ihrer selbst bewusst. Kalt und süß. Kindisch und erwachsen. Ciao, Schwester Kika!
Franck: Man muss noch nicht einmal ein politischer Künstler sein, sondern nur ein wirklicher Künstler, um politisch zu sein. In Gegenwart eines Künstlers reagieren andere politisch. Wir wissen, wie wir cool und ruhig bleiben, wenn wir zusammen sind.

Mian Mian: Ich habe gegenüber den degenerierten, verzweifelten und deprimierten europäischen bourgeoisen Touristen völlig die Geduld verloren.

Casper: Schanghai vermittelt den Menschen schnell die Illusion, hier könntest du alle deine Träume verwirklichen. Aber du kannst hier auch sehr schnell zugrunde gehen. Oder du wirst rasend schnell assimiliert und wirst ein Teil von Schanghai und verlierst dich. Als Schanghaier ist das meine Heimat, ich komme nicht los von hier. Das Einzige,

was ich machen kann, ist, nicht in das Spiel der Illusionen hineingezogen zu werden.
Immad: Chinesen … sind meine Inspiration!

ABC: Liebe ist wie Kunst, außer den flüchtigen Momenten, in denen sie dir die höchsten ästhetischen Empfindungen verschafft, gibt sie dir nichts.

Andy: Ich würde dich gerne vor Lust schreien hören, wenn du jemanden liebst, der wirklich absolut traumhaft ist, jemand, den du und nur du haben kannst, vielleicht für eine Nacht, vielleicht für immer …

Franck: Sex ist einfach eine zu große Sache. So groß wie ein Flughafen oder das Herz einer Nutte. Manche Körper sind zu klein dafür. Das Herz der Nutten ist voll mit Liebe, weil sie zu viele Männerschwänze lutschen, sie verstehen, dass Männer nur Kinder sind. Männer müssen in Stimmung sein, um Sex zu haben. Der *Schwanz* eines Mannes hat keine Augen. Nutten verstehen besser, was Liebe ist, weil sie Liebe wirklich brauchen und nicht viel davon bekommen haben.

Dr. M aus England: Andy Lover, der Typ, der sich mit ›Panache‹ im Miami-Stil kleidet, ja – er ist ein Partygänger, ein Frauenheld. Ist er erfolgreich bei Frauen? Manchmal. Aber es ist die Art, wie er sich selbst wahrnimmt, die ihn zu der Person macht, die jeden fasziniert und ihn schließlich beliebt macht. So, jetzt ist das Prinzip klar. Lass mich seinen Gefährten vorstellen, ›Tony Toronto‹. Ja, er ist tatsächlich aus Toronto, und ja, er ist mit Andy verbunden, aber Andy kennt seine Masche. Du musst wissen, Tony ist ein Verkaufsgenie, er kennt Andy noch aus der Zeit, als sie gemeinsam loszogen, manchmal dieselben Mädchen
teilten, manchmal dieselben Mädchen miteinander betrogen. Sie waren die Art von Typen, die mehr auf sich selber standen als auf die Frauen, die sie verführen wollten. Manchmal kommt die richtige Frau daher, vor allem bei Andy. Was sich dann entwickelt, ist eine Komödie an Fehlern gegenüber der, die entfliehen will, und doch bleiben sie dran. Sie müssen, es liegt in ihrer Natur. Nun, zurück zu Tony Toronto, er ist ein Verkaufsgenie. Er sagt, er kann alles »in Ordnung bringen«, was es auch sei. Er bringt es hin, preist alles an, um Profit daraus zu schlagen. »Ich kann es in Ordnung bringen« ist sein Schlagwort, aber sein Enthusiasmus zahlt sich für ihn praktisch nicht aus. Und manchmal (öfter als gelegentlich) schlagen seine Bemühungen fehl, ähnlich Andys Abenteuern mit Frauen, beide sind Verlierer-Typen, die nie aufgeben. Andys Schlagwort ist »Damit komme ich nicht klar«, er sagt das immer, wenn die Dinge ihm nicht behagen oder als Entschuldigung für das Mädchen, das ihren Verstand für ihn einsetzt. Kannst du das Kräftespiel dieser beiden Figuren erkennen? Besonders als Freunde. Tony Toronto? Den gibt es in jeder Stadt, aber nur einen Andy Lover.

Der Schweizer Sam: Wir bedauern Ihnen mitteilen zu müssen, dass Andy Lover und Tony Toronto sich zur Zeit in einer Klinik in den transsylvanischen Bergen aufhalten, um sich von einem schrecklichen Unfall zu erholen. Es ist noch unklar, was passierte, aber dic Polizei Miami sagt, dass die beiden Freunde auf der Autobahn gefunden wurden, wo sie ein Bus angefahren hatte, der vom mongolischen Damen-Nationalteam im Rollschuhlaufen gemietet worden war. Es wird noch untersucht, warum der Bus sie mehrfach überfahren hat. Die Körperteile waren

in Stücke zerteilt und mehr als einen Meter über dem Asphalt verteilt, wodurch es unmöglich war herauszufinden, zu welchem der beiden Körper sie ursprünglich gehörten. Ein Team von plastischen und Tier-Chirurgen aus Brasilien und Nordkorea schuf eine neue Person aus den Überresten der beiden Opfer. Sie sagen, dass das Ergebnis vielversprechend sei, wenn man die Schwere des Falls in Betracht ziehe. Sie erwarten, dass die Kreatur recht normal sein und aussehen werde, während es recht wahrscheinlich ist, dass sie mit ihrem Penis denken wird und nur eines im Sinn haben wird. Die Ergebnisse der ersten Tests scheinen diese Ängste zu bestätigen. Wir führen derzeit eine Umfrage unter ihren früheren Freunden durch, ob die neue Person Andy Toronto oder Tony Lover heißen soll.

Männliche Stimme: Ich verstehe wirklich nicht, warum so viele Schanghaier Mädchen es mögen, drinnen Sonnenbrillen zu tragen.
Mädchenstimme: Du meinst doch nicht mich damit?
Männliche Stimme: Nein, bei dir ist das was anderes. Ich bin sehr froh, dass du deine Sonnenbrille trägst, wenn dich andere Männer anschauen.
Mädchenstimme: Ich trage eine Sonnenbrille, weil ich

hässlich bin. Ich habe sonst keine Möglichkeit, begehrt zu werden.
Männliche Stimme: Wenn dich die Männer anschauen, während du dich aber für hässlich hältst, ist das nicht richtig. Der Schlüssel liegt weder im Begehrtwerden noch in der Schönheit noch im Underground. Der Schlüssel liegt darin, dass du so viele Sonnenbrillen hast, so viele Marken und Stimmungen. Deshalb sage ich es noch einmal, ich bin sehr froh, dass du deine Sonnenbrille trägst, wenn dich andere Männer anschauen.

Cead: Ein Mann braucht im Allgemeinen lange, um ein Mädchen, das er mag, so auszubilden, dass es im Bett eine gute Figur macht.

2

144 *Montag in der Morgendämmerung: Ein Video-Vorführraum in der Nähe des Bahnhofs.*

Hong: Liebe Brüder und Schwestern! Der Himmel hat uns jetzt abermals seine besondere samtige Beschaffenheit gezeigt. Wir haben verloren, das wissen alle. Und wir sehen ganz klar, dass nach Beendigung der Jugend ein schwieriger und langer Weg vor uns liegt.

Saining: Vor uns liegt noch eine lange Reise!

Hong: Am Ende der Hongkonger Gangsterfilme passiert es oft, dass ein Amigo seine Waffe an den Kopf eines anderen Amigos hält.
Saining: Oder dass die Polizei eintrifft und die Helden mit einer coolen Geste die Waffe an ihren eigenen Kopf halten.

Hong: Liebende sollten eigentlich nicht zusammen wohnen. Sie sollten sich besser zufällig treffen.

Hong: Die Liebe zweier junger Künstler hat zu viele Masken.

Saining: Liebe hat viele Masken, aber die Masken dienen nicht der Täuschung, sondern um den guten Gefühlen zu folgen.
Hong: Hör zu! Du bist ein Schauspieler, vielleicht hast du dein Selbst verloren.

Hong: Auch ich habe solch eine Phase durchgemacht.
Hong: Die Frage ist, ob wir darauf beharren. Soll man sich trennen oder soll man Freud und Leid teilen?

Saining: Eigentlich bist auch du sehr geheimnisvoll.
Hong, weinend: Das Geheimnisvolle ist Teil der Liebe.

Saining: Liebe ist unbeständig. Wenn du beispielsweise einen Schritt nicht so gut gemacht hast, vernichtest du damit prompt die gesamte schöne Vergangenheit.
Hong: Liebe ist wie ein langwieriger Gerichtsprozess. Unbeständig wie der Tod von Little Beetle. Egal wie unwillig ich war, aber als der Urteilsspruch kam, hatte ich mich schon damit abgefunden.

Saining: Alle Mädchen, die mit mir eine Beziehung hatten, sind wie du. Alle haben etwas von dir. Sie sind alle du, nur tragen sie ein fremdes Gesicht. Ich denke immer noch, dass ich dich bis heute nicht betrogen habe.

Saining: Und du liebst einen von mir grundverschiedenen Menschen, beginnst mich zu betrügen, und ich muss es erst herausfinden. Bis heute hast du mir noch nicht einmal den Namen verraten.

Hong: Welchen?
Saining: Hast du nicht in jenem Interview gesagt: »Bevor

ich ihn traf, war ich sehr dumm«? Mit »ihn« meinst du sicherlich nicht mich.

Hong weint.
Hong: Ich meinte doch nur »Sex«!
Saining: Wir mögen doch beide keinen Sex, wir mögen doch nur Pornografie.

Saining: Törnt es dich denn kein bisschen an?
Hong: Nein.
Saining: Nicht ein kleines bisschen?
Hong: Na gut, ein klein wenig, aber nur vorübergehend.

Hong: Wir sollten uns nicht beklagen. Niemand sollte sich beklagen. Sich zu beklagen ist völlig sinnlos. Auch du hast mir etwas verheimlicht, was ich erst herausfinden musste. Ich habe mich bisher nur dumm gestellt. Immer wenn ich geschockt und verletzt bin, wenn ich sogar zuschlagen möchte, vergeht dieses Gefühl doch wieder sehr schnell, es überlebt keinen Abend. Ich denke, wenn es jemanden gibt, der dich glücklich machen kann oder der dich dein Gleichgewicht finden lassen kann, was wäre daran falsch? Ich sage mir, soll er doch andere Mädels quälen, mir hat er das Beste gegeben. Aber wie kannst du sagen, dass diese Mädels alle ich waren? Du bist ein romantischer Lügner. Alle Mädchen sind unterschiedlich. Was sagst du dazu?

Saining: Sie sind alle geil aufs Ficken. Sie sind alle verrückt nach mir. Sie besorgen es mir alle geradezu vollkommen.
Hong: Du bist ein Fremder für mich.

Saining: Mädchen! Wenn ich ein Fremder bin, wer ist dann dein Freund?

3

Montag frühmorgens, auf dem künstlichen Strand »Tropensturm«

Saining: Es ist ein neues Virus in Umlauf, es heißt »Panda Sex«. Wer es sich einfängt, kann sich nur noch zweimal im Jahr paaren.
Hong: Das Virus hat sich von Mei Meis Beerdigung verbreitet, wer Mei Meis Seele am nächsten steht, kann sich mit dem Virus anstecken.

Saining: Es gibt einen Engländer, dessen Gesicht aussieht, als sei es jahrelang dem Regen ausgesetzt gewesen. Er hat ein Rezept gegen das »Panda Sex-Virus« mitgebracht. Alle nennen ihn Dr. M, seine Medizin heißt *Andy Lover*. Man kann es auch »*I am the lover*« nennen.

Saining: Das Virus könnte die Menschen aufrühren.
Hong: Auch Viren sind Lebewesen.
Saining: Viren existieren im Inneren des Todes.
Hong: Viren sind eine Sichtweise.
Saining: Viren lassen Menschen die Grenzen der Liebe verstehen.
Hong: Das Virus ist ein Ort.
Saining: Das Virus richtet sich gegen den engsten Freund.

Saining: Virus ist Kunst. Diese Welt wurde von Viren geschaffen.
Hong: Viren verändern sich ständig.
Saining: Sie sind wie wir. Wenn sie an einem Ort sterben, leben sie an einem anderen Ort wieder auf.
Hong: Wir sind von Viren befallen, Viren sind nur ein anderer Name für unsere Ängste.
Saining: Wenn ein Virus viele Jahre existiert hat, können wir ihn »Zivilisation« nennen.

Saining: Dein Lächeln ist ein Virus, das ich nicht mit einem anderen Menschen teilen möchte.

Anhang I

1

Saining 1998 151

Ich bin ein Jugendlicher, ein bedürftiges Kind, dem niemand hilft, aufrichtig, und doch vom Unglück betroffen.
Meine Mutter sagte, dass sich Menschen in ihrem Leben nur einer Sache verschreiben können. Obwohl meine Mutter eine total unausstehliche Frau war, stimme ich ihr in diesem Punkt zu. Mein Leben hat mit einem zerbrochenen Glas begonnen, meine Mutter musste die Scherben Stück für Stück zusammenkleben, jetzt ist es an mir, das fortzusetzen. Ich denke, ich werde damit unerschütterlich weitermachen. Denn meine Liebe ist ein Zimmer voller Glasscherben.

Ihre jetzige Frisur lässt sie noch mehr wie eine verletzte Vogelscheuche aussehen. Und ich bin eine ängstliche Taube, die lange gebraucht hat, um in ihr Fenster zu fliegen. Jetzt schläft sie neben mir, die dünne Decke bedeckt ihren Unterleib, sie ist viel dünner geworden. Ich kenne sie nun so viele Jahre und hatte so viele Geliebte, die alle sie waren, sie war jedes Jahr anders. Freilich gab es eine lange Zeit, in der ich keine Nachricht von ihr hatte, aber ich wusste, dass wir noch zusammen waren, jedes Jahr lernte ich etwas anderes von ihr kennen.

Eigentlich kann ich in ihrem Körper alles finden, was ich brauche, aber ich will trotzdem andauernd von ihr getrennt sein. Meine Welt ist eine Aufziehuhr. Ich weiß nicht, wer sie aufzieht. Vielleicht ist es jenes Wesen, das man Schicksal nennt. Manchmal zeigt meine Uhr auf sie, manchmal auf etwas anderes. Ich bin ein ängstlicher Mensch, ich muss mich oft von allen Bekannten und Freunden abkapseln, alleine an einen völlig fremden Ort gehen, um dann heimzukehren. Das gibt mir das Gefühl, dass das Leben immer frisch ist, darauf wartet, aufs Neue entdeckt zu werden. Das scheint wie ein Abgleiten, das scheint alles zu beantworten. Jedes Mal, wenn ich aufbreche, fühle ich eine besondere Authentizität, jedes Mal, wenn ich heimkehre, fühle ich mich, als hätte ich etwas verloren.

2

Hong 1998

Saining ist gekommen, sein Gesicht ist dunkel gefärbt, am ganzen Körper zitternd, und als ich ihn ununterbrochen verfluche, fängt seine Nase an zu bluten. Seine Augen sind noch so unschuldig wie immer, das bringt mich durcheinander. Ich weiß, dass ich vom Valentinstag nichts zu erwarten habe. Aber heimlich male ich mir doch verrückte Sachen aus, wie ein Flugzeug, das vor meiner Haustür hält. Aus dem Flugzeug steigt ein Mann, er sagt zu mir, dass er mein Lebensgefährte, Geliebter sein will. Aber ich hätte nie daran gedacht, dass ausgerechnet Saining mein Warten beenden würde. Ich bin eine Frau, die von den Männern genommen und fallen gelassen wird. Ich hatte mich gerade entschieden, einen solchen Zustand nicht mehr zu akzeptieren. Ich fühlte mich von den Männern wie Hundescheiße behandelt. Ich wollte selbst keine Hundescheiße sein. Aber da kam Saining plötzlich, frühmorgens, draußen goss es in Strömen. Ich öffnete die Tür wie im Traum, ich dachte an die Zeit zwischen 19 und 24 Jahren, unzählige verregnete Tagesanbrüche. Ich spielte eine schwindelige Musik, die bis zur Hundescheiße ging. Ich klagte bitter: Mein kleiner Saining, komm doch zurück! Wann kommst du denn wieder nach Hause? Vielleicht morgen, vielleicht nie. Komm doch wieder! Komm an meine Seite! Jetzt, am Morgen des Valentinstages 1998, kommt Saining, in der Hand einen kleinen Strauß Wildblumen aus meinem Hof, wieder einmal heim.

Ich sage: Komm rein, komm rein! Steh da nicht wie ein Geist! Wenn du schlechte Nachrichten mitbringst, behalte sie für dich! Wenn du in Schwierigkeiten steckst, bitte mich nicht um Hilfe! Du raubst mir meinen Schlaf, in letzter Zeit huste ich, und gestern wollte ich aus dem Fenster springen. Ich kann das Leid nicht mehr mit dir teilen.

Er sagt: Schmeiß mich bitte nicht raus! Ich möchte mit dir zusammen sein, ich habe es mir gut überlegt, du fehlst mir.

Ich sage: Du hast es dir gut überlegt? Du bist wohl ein Furz! Ich bin doch nicht deine Mutter!

Saining sagt: Meine Mutter ist gestorben. Anschließend weint er. Auf dem Gesicht hat er auch noch Regentropfen. Er sagt, seine Mutter ist in Japan gestorben. Deshalb habe er in Japan wieder mit Drogen angefangen. Jetzt sei er wieder clean. Er wolle mit mir zusammen sein. Was ist denn das für eine Logik? Saining ist eine Sorte von Mensch, die sofort auf Drogen und Frauen abfährt, wenn er dazu stimuliert wird. Bei wenig Stimulation verfällt er in Erinnerungen und macht Musik. Er nimmt so viele Drogen, dass er zwischen körperlichen Gelüsten und der Liebe hin- und hergerissen wird. Er schläft so lange und oft mit den Frauen, dass es sie schon schmerzt, aber er ist immer noch nicht gekommen. Er spielt mit sich selbst, immer mit sich selbst. Manchmal falle ich ihm ein, wenn er mich braucht. Wir sind jetzt so viele Jahre zusammen, und unsere Liebe ist doch ganz einfach: es ist das »Heimkehren«.

Anhang II

Ich bin jener berühmte Saining.
Ich heiße so, weil der Lieblingsdichter meiner Mutter Esenin war, auf Chinesisch Yesaining. Vor langer Zeit hat mich meine Freundin in einen Roman geschrieben, und auch noch mit meinem echten Namen. Sie hat sich damals überhaupt nicht vorstellen können, dass wir beide einmal »bekannt und berühmt« würden.

Im Buch »Panda Sex« könnt ihr erkennen, dass dieser Saining anders ist als jener Saining. Aber ich bin Saining. Sie ist meine Geliebte, der beste Teil in meinem Leben. Früher war ich einmal derjenige, den sie am meisten geliebt hat. Vielleicht ist es jetzt auch noch so.

Sie kann sich eigentlich nicht wirklich gut Geschichten ausdenken. Tatsächlich hat sie immer Probleme, sich auszudrücken. Eigentlich sind wir alle solche Menschen. In ihren Augen habe ich immer unzählige kleine Geheimnisse. Ich verstehe ihr Gefühl. Aber ich habe keine Möglichkeit, meine Geheimnisse auszudrücken. Ich kann diese Geheimnisse keinem Menschen gegenüber ausdrücken.

Die Geschichte von uns beiden, egal wie sie sie umgestaltet hat, ist wahr. Über den Sex zum Beispiel, der immer plötzlich wie ein Lichtstrahl erscheint und die Wirklichkeit erhellt, und die Fiktion.

Vor einem halben Jahr, nach dem Begräbnis eines guten Freundes, habe ich ihr einen Heiratsantrag gemacht.

Eigentlich habe ich nicht wirklich einen Antrag gemacht, ich habe nur gesagt, wir sollten doch heiraten!

Danach schaute sie mich an, mit ihren großen schönen Augen schaute sie mich lange an.

Der Sternenhimmel in jenem Moment verstärkte die Anziehungskraft vergangener Tage so geheimnisvoll, dass man den Atem anhalten musste. Eigentlich sollte es so nicht sein.

Ich sagte, lass uns Montag zum Standesamt gehen und dann Flugtickets nach Miami kaufen!

Sie sagte: »O.k.!«

Danach gingen wir aus.

Bevor wir aus der Tür gingen, nahmen wir viele leere Mini-Discs mit.

Seit Langem mochte sie es und hatte es sich zur Gewohnheit gemacht, egal wo sie hinging, einen blauen MD-Rekorder mitzunehmen. Wenn sie glücklich war, mochte sie es, die Gespräche der umstehenden Freunde aufzunehmen. Anscheinend brauchte sie so nicht zu befürchten, dass jemand anders sie aufnehmen würde. Und sie musste auch keine Angst haben, am nächsten Morgen alles vergessen zu haben. Mit einem Wort, ein MD-Rekorder in der Hand gab ihr ein Sicherheitsgefühl. Aber natürlich hatte ihr Apparat immer in den Schlüsselmomenten einen technischen Defekt. Und sie hörte sich die aufgezeichneten MDs nie an.

Bevor sie aus der Tür ging, suchte sie noch einen Text heraus, den ich vor vielen Jahren geschrieben hatte, sie wollte, dass ich ihn ihr vorlese, ich las ihn und sie nahm ihn auf. Dann las sie auch einen Absatz und nahm ihn auf.

Ich habe ihr niemals Fragen über ihr Verhalten gestellt. Sie ist keineswegs eine der Schriftstellerinnen, die jeden Moment zusammenbrechen. Ich habe mir nicht viel dabei gedacht.

Nachdem sie die MDs vorbereitet hatte, schlug sie vor, das Spiel »Kettengeschichte« zu spielen, bei dem jemand eine Geschichte anfängt, der andere diese weiterführt, dann wieder der Erste und so weiter, bis die Geschichte sich wie ein Drache windet.

Wir haben viele wichtige Momente zusammen erlebt. Zum Beispiel das Cleanwerden, unzählige geistige Zusammenbrüche, gemeinsame Filmaufnahmen etc. Wir haben auch immer die schönsten Dinge geteilt, die wunderbarsten Gefühle, die kostbarsten Erkenntnisse. Wir überschneiden uns in vielen Bereichen und sind dort scheinbar zu einem Menschen verschmolzen. So ein Gefühl ist in den meisten Momenten positiv und interessant. Aber in anderen Momenten konnte uns das beide aus der Fassung bringen und erschrecken. Als sie vorschlug, »Kettengeschichte« zu spielen, wusste ich, dass sie eigentlich mit mir reden wollte. Das ist ein Spiel, das wir uns vor vielen Jahren im Bett ausgedacht haben. Sie ist eine Schriftstellerin, sie liebt es, sich etwas auszudenken, dieses Spiel war ein Symbol unserer Liebe. Wenn wir es spielten, haben wir normalerweise tagelang das Schlafzimmer nicht verlassen. Und wenn wir mit normalen Mitteln keine Möglichkeit hatten, uns über einige Fragen auszutauschen, spielten wir zusammen »Kettengeschichte«.

Die Wirklichkeit ist immer merkwürdiger als das Erfundene. Ich weiß nicht, welche Beziehung wir in unseren früheren Leben hatten. In unserem jetzigen Leben ist unsere Leidenschaft füreinander so kompliziert, wir sind immer noch nervös, wenn wir den anderen sehen, obwohl wir schon so lange beisammen sind. Woran liegt das bloß?

An jenem Freitagabend sind wir viel umhergezogen, haben kaum geschlafen, waren fast ständig draußen oder im Auto. Wir haben die ganze Zeit hindurch unser Spiel gespielt: eine Geschichte abwechselnd weiterzuspinnen. Der Rekorder hat alles aufgezeichnet, er hatte keinen Aussetzer. Am Sonntagabend hielten wir es nicht mehr aus, wir rauchten und tranken viel. Am Montagmorgen beschlossen wir, uns zu trennen. Ich war es, der ihr den Laufpass gab.

Schluss zu machen scheint meine Spezialität zu sein. Anscheinend ist die ganze Geschichte meiner Jugend von solchen Phasen unvergleichlicher Stimmungswandlungen bestimmt. Jeder Riss steht für ein anderes Kapitel unserer gegenseitigen Liebe.

Ich denke, das ist unsere erste echte Trennung. Scheinbar erschreckend ruhig.
Als sie mir die Mini-Disks schenkte, hatte ich nicht bemerkt, dass sie sie nicht nur aufgenommen hatte, sondern die Geschichte zugleich redaktionell bearbeitet hatte. Erst einige Monate später, als ich diese MDs eine nach der an-

deren durchhörte, kam in mir der Verdacht auf, ob sie sich schon bei der Aufnahme eine Trennung überlegt hatte.

Es erscheint mir so, als entdeckte ich jetzt erst, dass die meisten Menschen nicht die Fähigkeit haben, andere Menschen zu lieben oder mit ihnen auszukommen. Die Menschen haben so viele Fehler. Die Verständigung zwischen den Menschen ist so unmöglich. Und die Liebe endet immer im Dunkeln. Jede Art des Schlussmachens ist eine Form dieser Dunkelheit.

Ich kann bestätigen, dass Hong dies alles viel früher klar gesehen hat als ich. Vielleicht in dem Moment, als ich ihr den Antrag machte.

Liebe ist wie der Kalte Krieg. Verliebte Menschen sind alle Spione. Und die Spione sind alle Meister der scheinbaren Oberflächlichkeit, die tatsächlich aber einen Hintersinn verbirgt. Es gibt dabei nichts, auf das man zählen könnte. Du kannst nie sicher sein, ob dein Partner nur mit dir spielt. Betrachtest du dich selbst, bist auch du die ganze Zeit am Schauspielern. Du rätst die ganze Zeit, was dein Partner denkt und fühlt. Die unbedeutenden Details aus der Erinnerung, die nicht ins Auge springen – je winziger sie sind, desto mehr werden sie zur Analyse herangezogen. Und das Ergebnis all dieser Analyse sind Vorurteile, die völlig sinnlos sind. So viele Fenster in dieser Stadt erleuchtet werden, so viele zerbrochene Herzen gibt es. Wir haben uns alle verirrt, wir haben uns in der Wildnis des Spiegelkabinetts verirrt.

Seither sind wir uns nie mehr begegnet. Ich habe gehört, dass sie alles getan hat, was sie konnte, um selbst noch mehr zusammenzufallen, noch zerbrechlicher zu werden. Ich habe gehört, dass sie sich wirklich sehr nach mir sehnt.

Ich weiß, dass sie nur zu wollen braucht, und sie könnte noch vor Tagesanbruch meine Illusionen neu entfachen. Früher tauchten wir in unzähligen Morgendämmerungen von Eis und Schnee in Liebkosungen ein. Wir lieben immer noch jeden Tropfen der geheimnisvollen Tränen des anderen. Aber egal wie sehr wir uns lieben, die ganze

Beziehung scheint wie im Drama, so unwirklich, so unvernünftig, so unglücklich.

Zu meinem Geburtstag schickt sie mir einen kleinen weißen Rahmen, in dem ein weißes Blatt eingefasst ist, auf das sie ein paar kleine Zeilen geschrieben hat.
Lebe gut,
trinke nicht,
weine nicht,
such mich auch nicht mehr.

Als ich einmal in mein Zimmer 804 im Hotel International zurückkehre, sehe ich sie in den pulsierenden Strahlen eines gigantischen LCD-Displays. Ihr Blick hat sich von der Begierde verabschiedet, sie ist die Schauspielerin, die ich am meisten liebe, dieses eine Mal trägt sie einen Makel, als sie mich verlässt.

Diese Mini-Disks sind eine Liebeselegie, eine Finsternis vor der Morgendämmerung.
Diese Elegie ist so unvergleichlich kostbar.
Wir sind immer auf der Suche nach dem Sinn des Lebens.

Die Bedeutung der Redewendung »Jedes gute Kind bekommt sein Bonbon« ist eben, dass jedes Kind am Ende zur Erkenntnis gelangen wird.
Das Wiederabspielen, aufmerksame Anhören und Sortieren dieser Bänder hat für mein Leben eine befreiende Wirkung.

Die meisten dieser Aufnahmen sind die Dialoge, die wir in jenen Tagen beim Spiel »Kettengeschichte« aufgenommen haben. Und der größte Teil des Inhalts unserer Dialoge sind die Äußerungen der Figuren, die wir
uns in den Geschichten ausgedacht haben. Und es gibt noch einige Gespräche, die wir von den Menschen um uns herum aufgezeichnet haben. Ich habe die Mini-Disks, die sie mit Regieanweisungen versehen und in eine Reihenfolge gebracht hatte, redaktionell überarbeitet und minimale notwendige Ergänzungen vorgenommen. Die meisten Regieanweisungen betreffen Zeit und Ort. Ich habe die Dialoge, die einfach nicht zu verstehen waren und die überflüssigen Ausdrücke gekürzt. Zum Beispiel habe ich das Wort »sagt« direkt durch »:« ersetzt. Ich habe noch einige Handlungsstränge, die nicht zu Ende geführt wurden, entfernt und die Dialoge, die wir beim Sex hatten. Das Kapitel, das meinen Namen trägt, habe ich selbst hinzugefügt. Ich habe ihr den Inhalt zugeschickt, sie hat auch einen Abschnitt mit ihrem Namen hinzugefügt und mir zurückgeschickt. Die beiden Abschnitte, die wir vor dem Verlassen der Wohnung in der Küche gelesen haben, sind hier nach Hongs Nummerierung abgedruckt und ans Ende des gesamten Materials gestellt, das sie mir gegeben hat.

26. Mai 2008, Schanghai, Nördlicher Bund
Bei der Musik von »Depeche Mode is not good«.

19. September 2008
Letzte Korrekturen.
Musik: Bach.